艾梅洛閣下II世事件簿

10

「case. 冠位決議（下）」

Grand Role

三田誠

插畫／坂本みねぢ

Kadokawa Fantastic Novels

富琉⋯別名「弒師者」的占星術師
格蕾⋯艾梅洛閣下Ⅱ世的寄宿弟子
艾梅洛閣下Ⅱ世⋯鐘塔 現代魔術科君主

Characters
Lord El-Mello II Case Files
赫費斯提翁……使役者・偽裝者
露維雅潔莉塔・艾蒂菲爾特……艾蒂菲爾特家下任當家
哈特雷斯博士……「偽裝者」的主人
時任次郎坊清玄……來自遠東的僧侶。修驗者

（……創造神靈伊肯達。）

根據幾項推測的結果，老師判斷這就是哈特雷斯的目的。

為了達成這個目的，他奪走老師的聖遺物，使用魔眼蒐集列車召喚了偽裝者。長期以來，他在幾樁案件背後暗中活動，不斷為實現野心做準備。

神靈伊肯達。

哈特雷斯要藉由創造為魔術師而存在的神，找回與古代形式相同的魔術。這麼一來，現代的魔術師們也會喪失追尋根源的理由。

艾梅洛閣下II世事件簿

10

「case.冠位決議（Grand Role）（下）」

Kadokawa
Fantastic
Novels

Lord El-Melloi
II
Case Files

插畫／坂本みねぢ

艾梅洛閣下II世事件簿

10 「case.冠位決議（下）」

Grand Role

目錄 Contents

✦ 第一章 ✦

我從他的話語中感受到一絲親暱感，不知是否來自於作為車掌的服務精神。

無論如何，他也跟列車本身一樣，與平凡的人類相距甚遠。

死徒。

據說他是被人如此稱呼的存在的眷屬。

一群以不同於英靈及魔術師們的方式涉及神祕的存在。死徒也和我至今被教導認識的死靈與亡靈不同，所以我雖然不害怕他們，卻有種不可思議的感覺。

這也暗示了哈特雷斯博士造成的影響有多重大吧。

（……創造神靈伊肯達。）

根據幾項推測的結果，老師判斷這就是哈特雷斯的目的。

為了達成這個目的，他奪走老師的聖遺物，使用魔眼蒐集列車召喚了偽裝者。長期以來，他在幾樁案件背後暗中活動，不斷為實現野心做準備。

神靈伊肯達。

哈特雷斯要藉由創造為魔術師而存在的神，找回與古代形式相同的魔術。這麼一來，現代魔術師們也會喪失追尋根源的理由。

（……因此，他潛入了靈墓阿爾比恩。）

我可以理解那個理論。

不過，那個規模超乎我的想像。老實說，我直到現在都很難說自己掌握了其含意。回頭想想至今遇見的許多魔術師們，這件事好像具有莫大的分量，足以顛覆他們將近兩千年的執妄……我只是這麼想著。

這次，一群出乎意料的人物為了阻止哈特雷斯集結起來，一方面是老師的旅程的成果，同時也是哈特雷斯的行為帶來的反作用，我心懷這樣的感想。

他們雙方的旅途想必都十分漫長。

違背本人的意願被迫坐上君主(Lord)之位，經歷過許多案件的老師。辭去現代魔術(諾里奇)科學部長職務，把十年——不，搞不好更長久的歲月耗費在這個計畫上的哈特雷斯。

兩人的對照比起純粹的鏡像來得更扭曲，給人宛如梅比烏斯之環般的印象。不管是身為魔術師的本領也好，縝密周全的計畫也好，他們應該明明完全沒有共通之處，但踏實地去逐步分析，彷彿又會發現他們在某個決定性的關鍵上是從同一個地方出發的。我無法拋開這樣的妄想。

（……若是就這樣……）

若是就這樣追蹤哈特雷斯，老師可能也會掉入他置身的煉獄。那股恐懼緊抓住我的心臟。

某種溫柔的物體忽然碰觸了我因恐懼而僵硬的肩頭。

「沒事的。」

那是坐在鄰座的老師伸來的手。

雖然那隻手也微微發抖，但正因為如此，才讓我胸中泛起明確的暖意。

接著——

「……看不見車窗外的景物啊。」

獨臂戴眼罩的僧侶喃喃開口。

時任次郎坊清玄——來自遠東國度，人們稱作修驗者的宗教家。我在老師的課堂上學過，那是一種複雜地融合山岳信仰與佛教（Buddhism）的宗教形態，但我不記得詳細內容了。

「看不見比較好吧？這輛列車不但不會在正常空間行駛，這次去的地方可是靈墓阿爾比恩啊。」

占卜師富琉拋擲著小刀說道。

他是一名綁著髒兮兮的頭巾，肌肉結實，曬得黝黑的身軀包著好幾層布料的壯漢。就算在列車內，他也令人聯想起沙漠中乾燥的風。

「萬一被灌輸超出我們認知程度的訊息量，只要一次大腦就會壞掉喔。沒必要刻意冒險吧。我們明明接下來就要衝進世界頂級的危險地帶了。」

「哎呀，那種混沌的情報不正是我們魔術師追求的事物？明明想抵達根源，我不懂為何有必要排斥區區那種程度的危險。」

有一頭法國捲金髮的少女繼而回應。

即使只看清玄和富琉，也會因為世界觀差異太大，無法避免如拼布般不協調的印象，但這一點在這名少女身上格外顯著。她穿著一眼就能看出是高級品的藍色洋裝，優美的舉止從任何角度看來都毫無破綻，端正的五官宛如由天上的雕刻家精工雕成。差距如此大，即使向一般人揭露她是魔術師，他們應該也會輕易地接受這個事實吧。

露維雅潔莉塔・艾蒂菲爾特。

他們三人都是老師與我在早期的案件——剝離城阿德拉中遇見的人物。

現在，這也是為了挑戰靈墓阿爾比恩而搭上魔眼蒐集列車的團隊。

「哈，道地的菁英千金小姐和當傭兵的魔術使難以互相理解也是當然。先不提這個，你打算怎麼編組進攻阿爾比恩的小隊？」

「我無疑是擔任警備員吧。」

老師告訴大家。

「倒不如說，我作為其他角色（Roll）毫無用處。雖然遺憾，說到運用神祕的本領，我是我們當中實力最差的。」

「唔。因為姑且不論純粹的魔術，在運用神祕這方面，你的寄宿弟子很特別。」

富琉露出理解的神情點點頭。

據說挑戰靈墓阿爾比恩時，通常會由五人組成一隊。

負責自阿爾比恩採掘各種資源的發掘員。

負責最早察覺迷宮內勃發的危機，提醒大家注意的警備員。

以及，保護隊伍免於靈墓中棲息的可怕怪物攻擊的戰鬥員。

「這次我們只是要突破迷宮，不需要發掘員。相對的則要安排成員充當嚮導，再來分成警備員或戰鬥員，各自決定擔當範圍就行了吧。那麼，我自動擔任嚮導，大小姐肯定是戰鬥員。因為來過靈墓阿爾比恩的人，應該只有我吧。」

「我之前不知道，原來你是生還者(Survivor)啊。」

聽到富琉的話，老師插嘴。

這一點我也很在意。因為根據在以前的案件中所知的經歷，從他身上絲毫看不出那種跡象。

「應該是因為我沒上電視打廣告吧。」

「不要開玩笑。只要宣傳你是靈墓阿爾比恩的生還者，就可以大幅提高作為傭兵的聲望，沒有理由不用來推銷自己。」

當老師這麼說，富琉沉默了半晌。

然後——

「你們應該知道我的綽號吧？」

他開口。

那個答案跟著溜出我口中。

「……弒師者。」

我不清楚詳細情況。不過，我在剝離城的案件中也聽說過，有人用這樣的別名稱呼這位魔術師。

「沒錯。以前我曾躲在靈墓阿爾比恩裡避風頭。如果用生還者的名號推銷自己，會被別人揣測背後的理由，激起已經平息的風頭吧。這就是我為何保持沉默的原因。」

「……原來如此。」

也許是接受了這個解釋，老師也微微頷首。

對於魔術師而言，師徒關係極為重要。雙方若有血緣關係，有時會移植魔術刻印，就算沒有，既然向弟子揭開了該流派的神祕，師徒的關係會變得極為密切。透過至今經歷的案件，連我也很清楚這件事。

（……啊啊。）

我突然想到一個奇異的想法。

所謂的魔術師，不就是連綿延續的時間本身嗎？

正因為如此，弒師或弒徒這種行為，會作為特別陰鬱的色彩引起注目。因為那是截斷悠久時光洪流的行為。無論是殺害過去（老師）也好，奪走未來（弟子）的生命也好，那種做法與魔術師有些互相矛盾。

當然，因為魔術師會為了抵達根源不擇手段，應該也有魔術師認為這種手段只是細枝末節，縱然如此，我一路遇見的那些人物都抱持某些信念，足以讓我產生剛才那番聯想。

或者說，目前聚集在這輛列車上的魔術師們也一樣。

不久之後，列車放慢車速。

隨著列車顧及乘客安全徐緩地減速，藍光從先前一片漆黑的車窗射入車廂內。那是種不同於地上陽光的不可思議光芒。感覺令人懷念，令人忐忑不安的光芒。

「……那麼，列車已抵達目的地。」

車掌嚴肅地宣告。

那番話簡直如同啟示。

「靈墓阿爾比恩的最上層。很遺憾的是，即使憑藉本列車的能力，能夠安全抵達的範圍也只到這裡為止。」

他的聲調聽起來彷彿流露出一絲遺憾，是我的錯覺嗎？

車門緩緩地開啟，慢了一拍之後，他深深地鞠躬。

「這麼說雖然僭越，謹祝各位幸運隨身。」

＊

我們下車的地方，相當於一座山岳的山麓位置。

魔眼蒐集列車立刻發動，消失在朦朧的霧氣彼端。或許這片迷霧也是伴隨列車出現的現象，不到幾分鐘內便消散開來，使阿爾比恩的景色烙印在我們眼中。

「……那不是天空對吧。」

這是我說出的第一句話。

因為在遙遙的高處展開的，是一片散發微光的頂罩。

那個半徑到底有幾公里——不，幾十公里寬呢？當然，我第一次看到如此巨大又寬廣的頂罩。除了靈墓阿爾比恩之外，其他任何地方多半都不存在這片景色。

我反過來眺望大地，看到幾座山脈相連，河川流過，奇形怪狀的城鎮紮根在地上。

（那是……採掘都市？）

在搭乘列車途中，富琉略為提過那個地方。

魔術師們在靈墓阿爾比恩建立的橋頭堡。我眺望為了進一步挑戰深層而建造的都市遠景，感到胸口微微發熱。

啊啊，誰能夠相信，這是在倫敦地下數公里深之處的景象呢？

「哎呀，好久不見的地下世界嗎？」

富琉顯得有些厭煩，喀啦作響地轉動脖子。

他緩緩地眺望頂罩與植被，如此繼續道：

「嗯，沒有錯……真不愧是魔眼蒐集列車，把我們送到了我指定的地點。」

「富琉先生指定的地點嗎？」

「沒錯。因為總不能搭乘魔眼蒐集列車一路坐到採掘都市正中央啊。說歸這麼說，現在時間非常寶貴，下車地點也不能離得太遠。儘管在搭乘魔眼蒐集列車前，我已經把從前用過的裝備帶來了。」

皮膚黝黑的魔術師比了比背上的行囊，摩娑下巴。

他環顧四周，一臉嫌麻煩地開口：

「好了，我趁現在做個確認，在抵達目標層數前所剩的時間是二十二小時五十分鐘左右。雖然大夥應該在魔眼蒐集列車上做過最低限度的休息，所有人都能不需要睡眠和排泄撐到最後了嗎？」

「這在山岳修行中是必修的項目啊。三天三夜不吃不喝可是基本功。」

清玄率先回答。

接著，露維雅輕輕皺起眉頭回應。

「雖然我連說都不想說出口，那是當然了。這只不過是初步的『強化』罷了。」

「……沒、沒問題。」

我感到耳朵猛然發紅，同時這麼回答。儘管我嚴格來說並非魔術師，這種身體機能的調整包含在布拉克摩爾守墓人的訓練當中。試著想想，像聖堂教會的代行者等等似乎也會運用這種技術。代表對於涉及神祕的人來說，這是基本的能力嗎？

「……抱歉，我很難說自己不需要睡眠。」

最後，老師一臉苦澀地開口：

「直到今天為止，我給大腦帶來了不少疲勞。如果使用某些興奮劑，應該可以行動自如，卻難以保持正常的精神狀態。」

「ＯＫ。你不符鐘塔君主風格的誠實申報，很有幫助。」

富琉舉起雙手，閉起一隻眼睛。

「反正在探索阿爾比恩時，完全不休息才更加危險。在有可能休息的前提下，就以大約二十四小時之間休息兩到三次，每次約二十分鐘為基準進行休息。這樣是不是沒問題了？」

「沒問題。我可以寄望透過冥想(Meditation)來增幅休息的效果。雖然有副作用，還在可接受的範圍內。」

聽到老師眉頭緊鎖地回答，露維雅輕笑一聲摀住嘴角。

「哎呀，真辛苦呢。這點程度就會引發副作用，看來你平常便為缺乏睡眠所苦嘍。」

「正如妳所說的一樣，但請別太過欺負我了，女士(Lady)。這樣我會想起我的義妹。」

「呵呵，這是回敬你以前說過的話。」

露維雅以指腹抵著唇瓣，楚楚可憐的櫻唇彎成一彎新月。

「雖然我沒想過自己會和你組隊合作。」

真的是這樣沒錯，我心中想著。從那個剝離城阿德拉開始，我們一路走到了何等遙遠之處啊。搭乘魔眼蒐集列車，遠赴位於地底的靈墓阿爾比恩，追蹤的目標甚至是古代魔術師偽裝者，與她的主人現代魔術科的前任學部長。

我光是整理狀況就感到一陣頭暈，也是無可厚非的反應吧。

接著——

「那麼，所有人都披上這玩意兒吧。」

富琉放下背上的行囊，從裡面扯出布料，分別交給大家。

「這片髒兮兮的布是什麼呀！」

「喂喂，饒了我吧。總不能以大小姐妳那身打扮進都市(City)吧。當然，君主也一樣。雖然穿成像修驗道這樣反倒不會引起關注，但你們太顯眼啦。」

嗚咕……富琉的話讓露維雅陷入沉默，過了一會兒後，她不情願地拿那片布遮住美麗的髮絲與纖細的肩膀。

在這個方面，只要理由能夠接受，這位大小姐就能乾脆地採納不同於自己的作風。不過，她如果僅僅是個高傲的千金小姐，不管她會何等強大的魔術，在魔術師的世界也無法成功。

老師和清玄也依言蒙上布料，我小心翼翼地問：

「……我不用變裝也沒關係嗎？」

「嗯，喔，格蕾平常就戴著兜帽，應該沒問題。」

「是這樣嗎？」

「咿嘻嘻嘻！妳想穿得和大家一樣嗎！少在那裡受到打擊啦！」

「不、不是這麼回事。」

我搖搖頭，一陣低笑聲響起。

笑聲來自清玄。

獨臂戴眼罩的修驗者清清喉嚨，抬起下巴。

「好了，可以幫忙帶路嗎，富琉先生？」

「喔。那麼，大家跟我來。」

富琉迅速地邁步前進。

所有人行走時當然都經過「強化」，雖然老師好幾次差點被拋下——在他真的喘不過氣時，我會揹著他趕上去——一行人用值得驚訝的速度，從山麓走過平原。

結果，我們不到二十分鐘內便抵達了方才望見的都市邊緣。

「這是……」

清玄輕聲呻吟。

在遠遠眺望時，這裡給予人中東沙漠城鎮般的印象，不過試著靠近一看，又呈現不同的風景。

硬要說的話，應該近似於蜂窩或蟻穴吧。

分隔建築物的不是近代的水泥牆，而是彷彿自行隆起形成的土牆，那些甚至帶著某種原始感的建築物，構成極為立體的都市。

許多人紛紛嚷嚷地走在中央的馬路上。

如同地表的倫敦一般——比起在某種意義上體現著階級社會的鐘塔，這裡的路上有更多人種來來往往。說到共通之處，頂多只有年邁者並不多見，大多數人身上都裹著與富琉方才交給我們的布料類似的布。

而且代替汽車往來的，是奇異的生物。

和地上的騎警一樣，或是類似犀牛的有角生物，又或是揹著像烏龜般的甲殼的巨獸，悠然地在馬路上大步前進。雖然不知道牠們究竟是帶有神祕的幻想種，還是在地底經過全新進化後誕生的物種，那無疑是在地上看不見的動物。

「……這就是都市嗎？那種生物在這裡是理所當然的存在？」

「依分區而定有所不同。如果前往中央地區，即使做過一點變裝，君主和大小姐或許也會被人盯上，但在這一帶還能應付過去。」

幾個露天攤位並排在奇異的野獸與人群來來往往的馬路邊。

攤位也充滿國際色彩，不只是烤肉與烤魚，空氣中充斥著獨特的香料與燒焦的醬汁等五花八門的氣味。剛才的野獸體味與其他我感覺不出來的獨特香甜味道也摻雜在其中。

（草藥的氣味？）

如果那是草藥味，應該是我不認識的品種吧。

陳列在幾個攤位上的草藥，應該很多都具有在地上無從想像的藥效。說不定連精靈根等等我只在上課時學習過的咒體，也輕易地摻雜在裡面。

「………………！」

然後，一段距離外的攤位傳來一陣嘈雜聲。

那邊好像發生了什麼爭執。我一瞬間感受到魔力的律動，不知道是哪一方——或許是雙方都使用了類似「強化」的魔術？沙塵肆虐，狀似紫電的光芒一瞬間迸散開來，但就連這種衝突好像都是家常便飯，人們滿不在乎地從旁邊經過。

「最好別亂四處張望。」

露維雅從身旁小聲地勸告我。

「既然被看作新來乍到的外行人，當然會有人想趁虛而入。從剛剛開始，我就感覺到大概三種打量的目光。」

「哈，大小姐可真習慣啊。」

「即使不如阿爾比恩，我也有很多拜訪異國的經驗。無論在任何土地上，艾蒂菲爾特都必須與和此名相配的驕傲同在。」

「嗯，妳說得沒錯。如果只用錢就能解決還好，但這裡的扒手偏好鮮血與內臟啊。」

富琉話中帶著不光是純粹在嚇人的真實感。

「雖然魔術師的血液在任何地方銷路都不錯，沒想到連內臟都能脫手嗎……」

清玄有些傻眼地開口。

實際上，聽到他這麼說，我開始覺得那些攤位後面好像正在挖肝取腎。當然，就像魔眼蒐集列車出售移植的魔眼一樣，在阿爾比恩的器官買賣應該也有具一定資格的專家參與吧。

此時，我忽然發現一件事。

「這一帶的房屋看起來像是用土塊蓋成的，難不成也是……」

「喔，妳發現了？對了，妳的咒術感受力很高。那麼，我給你們看一個簡單易懂的例子吧。」

富琉輕觸附近的牆壁，閉起一隻眼睛。

他用拳頭咚咚敲牆。

那隻手立刻探向腰際，抽出佩在腰上的占卜用小刀，突然唰地一下刺進牆面。

不過，值得驚訝的不是富琉奇特的行為。

小刀刺出的缺口，在我們眼前立刻填滿了。

「咦……！」

「很厲害吧，這個就像中國神話中的視肉，受到輕微的破損會立刻修復。」

富琉聳聳肩，告訴驚訝得張口結舌的我。

「儘管是極淺的表層，這裡是靈墓阿爾比恩——相當於亡故巨龍的尾巴部分，連單純的土塊也帶有古龍的屬性出現了變質。這種情況在這個區域特別顯著。絕大多數的建築物都是用魔術控制這種土塊的『習性』建造出來的。」

富琉的解釋，絲毫無法緩和我受到的衝擊。

因為，那實在與我至今所聽過的魔術與神祕的存在方式相差太遠。

「我記得魔術並不適合大量生產……」

「那是地上的理論。」

老師補充說明道：

「在這個地下空間則有些差異。當然，這種建築物在結構上犧牲了強度等許多條件，不過總不能把起重機從地上運過來。反過來說，像富琉剛剛所言，此處的大源（Mana）濃密到過剩的程度。不必達到神話時代那種不同次元的魔術精密度，也能輕鬆地行使相當大規模的魔術……當然，這也需要相應的魔術師人數與相應的實力就是了。」

老師說到最後一段時把眉頭皺得更緊，就算在這個地方，仍然很符合他的特質。

「姑且不論優秀的魔術師，這裡的優秀魔術使應該比地上的鐘塔還多吧。」

「畢竟，這兒還有阿爾比恩獨有的『複合工坊』這種東西啊。再加上，先不提採掘都市的中央地區，像此處等周邊地區的地形經常發生變動。為了方便立刻改建，他們運用元素轉換與魔偶（Formal Craft）等等，不斷建造這種臨時城鎮。」

我茫然地接受了富琉的話。

即使在地上的鐘塔，像財力充裕的第一學科（密斯堤爾）等等，有時也會拿魔偶當成僕從使役。但就算這麼做，規模也沒有大到可以輕易建造房屋的程度。

啊啊，這裡真的是另一個世界。

讓好歹設籍於鐘塔，在故鄉與至今經歷的案件中見識過不少神祕的我，不得不為之驚愕的異境。

（對了……）

萊涅絲告訴過我，根據她收集的資料判斷，哈特雷斯的弟子中多半也有人是在阿爾比恩出生長大。例如我們在祕骸解剖局遇見的阿希拉，應該就是在阿爾比恩出生的。

在這個異境成長的人，可能反倒會覺得地上才是令人難以置信的另一個世界吧？

如同被召喚至現代的神話時代魔術師一般。

如同那個偽裝者一般。

「無論如何，每個區域的經濟圈，都建立在阿爾比恩這座大迷宮——那頭不知其名的亡故之龍上。這個都市是靠著啃咬腐屍，搶奪屍體的肉塊與毛髮，吃下屍身長出的蛆蟲來維生的。」

「哎呀，聽起來很合我的胃口。」

聽到富琉的話，露維雅泛起微笑。對了，艾蒂菲爾特家的綽號是地上最優美的鬣狗。

如果是她，感覺會坦然地說出「搜屍是貴族的愛好」這種話來。

「那麼，富琉先生在潛入阿爾比恩前打算去哪裡？」

當清玄發問，壯漢一瞬間皺起眉頭。

然後——

「去我老師那邊。」

富琉——人稱弒師者的魔術師吐出這句話。

*

富琉帶我們前往之處，位於宛如蟻穴般的都市外圍。

我穿越人影稀疏的街道，登上複雜蜿蜒的階梯，忍受著彷彿這座都市本身即是迷宮一部分的錯覺，跟隨占卜師壯碩的背影前進。

「可是，我聽說你是弒師者呀。」

「噓……！」

富琉以食指抵住嘴唇，制止了露維雅的發言。

他的手指謹慎地伸向腰帶。肌膚黝黑的手指夾起別在腰帶上散發銳利光芒的小刀，拋向半空中。

「Lead me（引導我吧）。」

他詠唱一小節（One Count）咒語。

富琉占卜天上星辰的小刀，即使在這片地下也正常地發揮了效用嗎？

利刃在虛空中描繪出弧線，一瞬間不自然地靜止在空中——又凌厲地加速飛向附近的牆壁。

與方才土牆修復時不同的結果等著我們。

原以為會刺在牆面上的小刀「直接穿牆而過」，深深地插進另一頭的地面。

牆壁原先所在之處化為幻影。

前方取而代之地敞開了另一條通道。

「嗯，我的老師還是老樣子，使出這種麻煩的幻術。」

「你應該已經殺掉的……老師嗎？」

正當露維雅準備再度發問時。

「——沒錯，我死在這個蠢弟子手裡啦！」

一道陌生的沙啞嗓音開朗地做出回應。

富琉露出十分厭惡的表情後，繞過新出現的通道轉角。

他一手掀起垂下的布幕，布幕內形成了一片小空間。裡面有牆壁與壁櫥、中東風格的裝飾品與幾幅天體圖，並垂吊著與富琉所用之物類似的小刀。

而沙啞話聲的主人就在中央。

那是一名盤腿坐在綻裂絨毯上的矮小老人。

由於他的皮膚與肌肉很有彈性，難以判斷實際年齡，但應該年過七十了。老人頭上沒有半根頭髮，一口黃牙也參差不齊。然而，他身上並未散發油垢的臭味，反倒帶著類似香水的香甜氣味。

老人旁邊放著水菸壺，一手拿著自壺裡伸出的菸管。看樣子，他原本正在獨自享受抽菸的樂趣。老人身上不可思議的香氣，也是來自那壺水菸嗎？

「喔。我還想著有人接近了，沒想到是原以為再也不會見面的蠢弟子，帶著其他客人上門啦。」

清玄雙眼圓睜地問哈哈大笑的老人。

「你是……」

「叫我葛拉夫就行了。除了那個名字以外的東西，我在很久以前就拋棄了。」

聽到那句話，清玄眨眨眼後發問。

「富琉果然沒有殺了你？」

「哈，作為魔術師的我徹底死在他手上啦。魔術迴路和一切統統爛光了，現在我連長子位階（Count）的小鬼頭那種程度的魔力都操控不來。」

「……看來你又不注意健康了。」

富琉不悅地望向老人的水菸，輕輕嘖了一聲。

「喔喔，連糟老頭的一點小樂趣也要挑毛病啊？不愧是弒師者，講的話就是不一樣。」

「像你們看到的一樣，我的老師在得罪別人這方面的本事非常厲害。看到他衰弱成這樣，想給他最後一擊的人，可是會多到和等著玩遊樂園招牌遊樂設施的遊客一樣大排長龍。」

富琉用大手摀住臉龐吐露道。

在他面前，應該已遭弟子殺害的老魔術師再度含住水菸吸嘴。望向愉快地揚起嘴角的老人，富琉發出嘆息。

「所以，我殺了他。正確來說，是當作我殺了他，接收工坊和遺產後，再把他送進靈墓阿爾比恩這裡。」

「哈哈，畢竟靈墓阿爾比恩在離開時的防衛措施雖然很嚴格，進入時卻意外地寬鬆。即使並非如此，他年輕時是在這裡鍛煉過的生還者，沒有什麼會覺得不方便的。」

由於要從各地募集發掘靈墓需要的魔術師，在進入靈墓時的檢查很寬鬆也理所當然。這跟老師認為鐘塔的派閥因此將消耗性的間諜送進阿爾比恩的推論銜接了起來。

「但那麼一來，富琉先生就……」

「所以我在列車上說過了吧。以前我曾躲在靈墓阿爾比恩裡避風頭，以免被別人揣測背後的理由。」

富琉厭煩地聳聳肩。

「咯咯咯，感謝我吧。你這個以前表現不起眼的大草包，藉此華麗地重新出道了吧。」

「也有很多人怨恨我搶先下手殺了你喔。」

「把那股怨恨也化為新的魔術機緣，才叫做魔術使這一行啊……那麼，你為什麼滿不在乎地帶著新隊伍來找我？你們看起來不像要從現在開始在阿爾比恩採掘資源，藉此再賺一票的樣子。我說得不對嗎？艾蒂菲爾特的公主，以及艾梅洛的年輕君主。」

老魔術師一瞬間眼神凌厲地瞪著露維雅和老師。

相隔一會兒後，老師開口：

「……雖然待在地下，看來你很熟悉地上的趨勢。」

「咯咯咯，既然魔術迴路報廢了，不從別的方面彌補缺陷可當不了魔術使。情報便是其中一種……不過，我不明白你們和蠢弟子特地跑來找我的理由。雖然我一路以來得罪過很多人，站在那兒的艾蒂菲爾特的鬣狗，也不是來搜尋一介糟老頭藏起的財產的吧？」

「吾師啊。」

富琉鄭重地說：

「我們想在二十三小時——剩下二十二小時內，抵達靈墓阿爾比恩的古老心臟。」

「……啊？」

老魔術師臉上如枯萎橡木般的皺紋皺得更深，嘴巴張大了好一會兒。

然後，他短短的食指貼在太陽穴附近轉了幾圈。

「什麼啊。你在地上吃苦受罪，終於發瘋啦？要是你大腦中了詛咒，看在師徒之情的份上，我介紹詛咒科（吉格瑪利耶）的舊識給你吧。」

「如果只是要下去，有方法可以辦到……你以前說過吧。」

富琉不屈不撓地訴說：

「如果想用普通的隊伍進行採掘，深入一百層以後沒有意義，因為沒有辦法返回上面。不過，如果只是要下去，有幾種方法做得到……你這麼說過。」

「別把那種話當真啊。那些話是酒後的無聊戲言吧。要是你有意自殺，還有很多比這更好的方法喔。」

葛拉夫又將水菸管拉過去，吸了一口吐出煙霧。

老人以食指悠閒地攪動著在房間裡飄盪的煙霧，彷彿一點也不在意弟子的請求。

他的目光從天花板倏然落下。

老師走上前去。

「明天，冠位決議（Grand Role）將在古老心臟召開。」

「……哈。那些沒辦法抵達根源，誤以為自己已經窮究神祕的傢伙的班會啊。隨他們高興要怎麼做、要怎麼墮落、要怎麼擾亂世界都行。不管你的現代魔術科會怎樣，都不關我的事。基本上，我會接受在阿爾比恩度過餘生，也是因為打從心底厭煩了那種無聊到極點的鬥爭。」

「……那麼，你就滿足於這個吧！」

至今都保持沉默的露維雅，這次從老師身旁傲然地走上前。

少女扔給他一條鑲著高級寶石的項鍊。她應該是覺得在阿爾比恩可能也需要用到，所以隨身攜帶著吧。

老人拎起項鍊，用抽幾口水菸的時間審視過後，放了回去。

「好吧……我很想這麼回答，但這種玩意兒在地下哪能換成錢啊。要當成魔術觸媒（Catalyst）使用，又沾染了太多艾蒂菲爾特的特徵。」

「嘖……！」

「我說，老頭……」

正當為難至極的富琉打算插嘴時——

「老師？」

第二句話發自我的口中。

老師姿勢筆挺地彎下腰。

一頭宛如濕潤烏鴉羽毛的長髮自耳際垂落，遮住他的側臉。

「……這算什麼？」

「我沒有東西可以回報你。」

老師依然低著頭，告訴老人。

「我也擁有金錢無論如何都換不到的事物。你理所當然也擁有那樣的事物。然而，我們突然跑上門，提出希望你單方面放棄你的驕傲這種要求，僅僅是種傲慢。因此，我只能這麼做。」

「沒有別人對你說過，君主不許輕易低頭嗎？」

「我的確被說過很多次。遭到痛罵的記憶多得數不清，也被我所尊敬的人告誡過，說我會玷汙歷史。說得沒錯。我根本配不上君主這樣的地位。我是即使事已至此，也只想得出這種辦法的愚昧之人。」

「與其在這種地方浪費時間低頭懇求一個糟老頭，哪怕是自殺行為，不如趕快衝進迷宮更好。你不這麼認為嗎？」

「富琉帶我來了此處。」

老師依然低著頭，說出占星師的名字。

「我與他之間的緣分儘管不長，卻足夠深厚。既然他判斷需要得到你的協助才能跨越迷宮，我會聽從那個判斷。」

「…………」

沉默籠罩了片刻。

老魔術師放開水菸吸嘴，注視老師。

「……有眼光。」

「眼光？」

老人無視了我忍不住複誦的反問。

「君主有眼光啊。這樣啊，君主向我低頭了嗎？鐘塔的君主……」

老人的聲音不知為何與漂起的煙霧相反，就像盤桓在地面一般。

然後——

「喂，弟子。」

老人呼喚富琉。

「幹嘛，老頭。」

「如果只是要不斷往下深入大魔術迴路，的確有辦法做到。但我可沒說過……能夠用存活的狀態下去喔。你做好這種覺悟了吧？」

「因為委託內容就是這樣，這也無可奈何吧。」

富琉頂撞回去，老人朝他皺起眉頭，摸摸下巴。

「委託……哈哈，委託啊。我的弟子還真是便宜地出賣了性命啊。」

「不好意思，我們沒空問答下去了。像這樣談話，都是在消耗寶貴的時間。」

「哈，還真是突然跑進別人家中暢所欲言啊。那麼，你們準備好所有人的探索用裝備了嗎？」

連我都聽懂了那句話的意思。

慢了幾秒鐘後，老師一臉意外地發問。

「……可以嗎，葛拉夫先生？」

「好了，讓我確認一下。既然會過來我這裡，你應該帶來了吧，蠢弟子。」

「我帶了我以前下迷宮時用過的工具。」

「拿來。」

他看向富琉遞出的袋子裡裝的東西，翻來翻去之後——

「都是舊貨。」

這麼判斷。

葛拉夫直接緩緩地站起身，與弟子十分相似地嘖嘖咂嘴，然後這麼命令道。

「你們在這裡等個三十分鐘。」

「三十分鐘！富琉先生也說過，剩下的時間不到二十三小時了！」

清玄按捺不住地大喊。

但是——

「只要等上三十分鐘，我能讓你們整整節省半天。儘管用感激的淚水淋濕地面吧。」

自稱葛拉夫的老魔術師這麼回應清玄，掀起玄關的布幕，悠然地消失蹤影。

2

明天恐怕會成為我至今的生涯中最漫長的一天吧。

我——萊涅絲．艾梅洛．亞奇索特如此確信。不光是因為明天將舉行冠位決議，也不是因為兄長追蹤哈特雷斯潛入了阿爾比恩。

而是我忽然想到，「棋子正呈現出這種走法」。

雖然把世界替換成棋局很像小孩子會有的妄想，到頭來，魔術師就是這樣的存在吧。由於指尖不小心抓住了一般人在童年便早早終結的超人幻想，因而無法脫離那種幻想的可悲群體。

無可救藥的是，連同這份悲哀在內，魔術師都很享受其中的樂趣。

反正，任何人的人生都同等愚昧。

既然如此，就算只有指尖也好，我覺得抓住超人更有意思。我寧願用無聊的陰謀陷害別人或落入別人設下的圈套、寧願沒有意義地執著於追尋什麼根源、寧願因為屈辱痛苦得翻滾。事到如今，我可不想要什麼正常健全的人生。與其強迫我接受那種玩意兒，還不如趕快摘下這顆心臟。

（……真是的，事到如今還想這些。）

我會不由得沉浸在這樣的思緒中，是因為某個人長期以來第一次不在的緣故嗎？

雖然他經常為了進行田野調查等等離開倫敦前往外地，我其實從未認真地考慮過……兄長或許不會回來了這件事。我早已沒收他的魔術刻印當作「抵押品」，也很清楚他那無用的責任感有多強。

然而，我不管怎樣都會去想，唯獨這一次或許是例外。

我至今也經歷過各種案件，卻難以拭去靈墓阿爾比恩是特例的感覺。因為阿爾比恩在某種意義上與我們很親近——畢竟，那個地方在物理上埋在我的腳下——我無比清晰地體認到其可怕之處。

我忍不住去思考，有多少魔術師潛入過那裡，從此沒有回到地上。雖然別無其他手段可以追上哈特雷斯是事實，如果別人得知我做出這種莽撞行為，不是驚訝得張口結舌，就是會對我破口大罵。

（……我本身也失去了一大半底牌。）

這就是雖然夜色已深，我卻在和大量文件大眼瞪小眼的理由。

如今我只能在兄長缺席的情況下，出席冠位決議。哪怕有某種聯絡方式，兄長沒有在會議上現身還是教人夠受的。兄長應該毫無自覺，但「對於新世代(New Age)影響力很大的艾梅洛II世」這面招牌，具有相當大的意義。

手中本來就沒有幾張牌可用的現代魔術科，等於在遊戲開始前又拋出了一半底牌。站在對手的角度，應該高興得作夢也會笑吧。不過，還不清楚出席者中誰在敵方，也是冠位決議的問題所在。

（現在倒戈投向民主主義，也是個辦法嗎……？）

雖然我想認真地考慮一番，問題在於貴族主義首位的巴露忒梅蘿，如果在這種時機害得鐘塔首位派閥顏面無光，艾梅洛派必定將會滅亡。一個弄不好，很可能會面臨自鐘塔歷史中抹除一切存在等級的滅頂之災。

說歸這麼說，如果擺出一派「這就是人生（C'est La Vie）」的態度而不採取任何措施，在會議上暴露無能的一面，那也會遭到輕視，很快地被某個派閥逼入困境。鐘塔的權力鬥爭，可沒有輕鬆到容許無法在重要會議上展現像樣存在感的對手保有安穩的地位。

「……唉。」

我在相隔許久後，再度感受到之前硬塞給兄長承擔的胃痛。

我正要深深靠在斯拉辦公室內的座椅椅背上，此時——

「——怎麼樣怎麼樣！教授他們到阿爾比恩了嗎！」

費拉特彷彿再也等不下去似的，從沙發上探出身子嚷嚷。

話雖如此，這名少年從昨晚開始已經說過十七次同樣的內容。我會覺得差不多聽膩了也是沒辦法的事，希望大家抱以同情。

「好像到了。」

我這麼回答，用力皺起眉頭。

「雖然盡可能施加了最強力的通訊用術式，訊號還是斷斷續續的。如果進入迷宮深層，就沒辦法知道狀況了吧。」

「啊～真是的！我也想搭乘魔眼蒐集列車！雖然這次沒舉辦拍賣會，好想卯起來競標魔眼什麼的！如果知道會這樣，我就去費姆的船宴上再撈一把賭金了！」

「下次典當你的聲帶吧。一定可以賣個好價錢的。」

「好主意！變得不能說話會很麻煩，我趁現在做個新聲帶好了！啊，對了，既然要做新的，那沒必要侷限於喉嚨。乾脆做隻新右手怎麼樣！會說話和變形的右手不是超帥的嗎？不是超棒的嗎！」

「嗯，隨你高興吧。」

我的目光從開始活動右手的天才傻瓜身上移開。換成平時，我會將他也塞給兄長應付，就因為這樣，玩具不在場真是無聊。

我按住眉心，好讓模糊的視野恢復焦點。

當然，用魔力進行「強化」可以輕鬆解決這點小事，不過在開會時反正都會被過度的壓力與緊張逼到瀕死的狀態，我想盡量保留力量。

順便一提，當我正要端起徹底變涼的紅茶——

「——公主，請用這杯茶。」

史賓遞上了新的茶杯。

哎呀，有優等生在真值得慶幸。

「你們那邊的情況怎麼樣？」

「總之，艾梅洛教室的學生儘管有些慌亂，他們仍然會繼續協助重建斯拉。特別是在夏爾單老先生獻身付出的帶動之下，先前選擇遠遠旁觀的其他講師也戰戰兢兢地回來了。」

史賓歸納著我看完的文件，同時回答。

當然，費拉特也在四處奔走，幫忙進行重建工程吧。

艾梅洛教室的雙璧意外地富有人望。那是因為史賓當然不用多說，費拉特身上也散發著讓人不禁想伸出援手的氛圍吧。這方面是我唯一毫無辦法的領域，因此我倒也不是不感到一絲羨慕。

然後，他這麼問我。

「公主要獨自參加冠位決議嗎？」

「我會只帶托利姆瑪鎢同行，不過情況就是這樣了。哼，那個薄情的兄長。」

我恨恨地說著，扭曲嘴唇。

話雖如此，梅爾文準備的魔眼蒐集列車不用說，召集突擊阿爾比恩隊伍的人也是我自己。如果他是會在這裡捲起尾巴放棄的男人，一開始就不會被選中成為我的兄長。

「我擔任護衛跟妳一起去！」

「哪能讓你跟來啊！」

聽到費拉特的發言，我不禁反射性地大聲喊回去。

丟下沮喪地開始戳手指的少年，我啜飲一口溫熱的紅茶，姑且補上說明。

「……哼。既然是參加冠位決議，在人身安全方面反倒有保障。因為參加者如果在會場遇襲，鐘塔的地位將大幅下滑。我對夏爾單老先生也交代過同樣的話，這段期間，地上的事情就交給你們負責。」

「哇，包在我身上！妳就當成搭乘鐵達尼號一樣，儘管放心吧！不管冰山還是什麼玩意兒，我都會砰砰撞壞它們！」

「那是哪一個世界的鐵達尼號啊。」

我開口吐嘈，同時暗中考慮另一個不安因素。

（……梅爾文那傢伙怎麼樣了？）

我知道他在安排好魔眼蒐集列車後，立刻與特蘭貝利奧派有所接觸，但從那以後就失去了聯繫。

（他被民主主義吸收了嗎？）

當然，這個可能性很高。梅爾文本就來自民主主義的核心特蘭貝利奧的分家。他給予好歹也屬於貴族主義的艾梅洛各種通融，反倒在道理上才說不通。

話雖如此，他可是梅爾文。

憑他那種重視愉悅勝過生命的性情，不可能僅僅對權力卑躬屈膝。

（更何況，別看那副樣子，他在韋恩斯家也算是頗有影響力的人物，不會突然死於非命。這表示……）

是特蘭貝利奧的老大嗎？那位壯漢的身影閃過腦海。

如果是特蘭貝利奧閣下——麥格達納出手做了什麼，梅爾文的行動也會遭到封鎖。

（雖然原本的話，應該是尤利菲斯閣下會採取對策。）

我回想起那名老魔術師的面容。

尤利菲斯閣下——盧弗雷烏斯·挪薩雷·尤利菲斯。在那位宛如獨自擔起鐘塔舊習一路走來的老人眼中，艾梅洛派儘管算是貴族主義的同伴，卻是他若有可能就會想抹去的那一類汙點吧。

至於另一位君主代理人奧嘉瑪麗，由於天體（艾寧姆斯菲亞）科根據地距離遙遠，我和她的關係也很淡，總覺得不能抱著太多期待。

（……真是的，情況糟到連四面楚歌這句成語都顯得可愛嘍。）

我想起那個東方典故，按捺住想放鬆嘴角的衝動。

哎呀，傷腦筋的是，我有點享受這份樂趣也是事實。我不禁想著，如果我身處於可以更加活用這種特質的地位，應該會淪為相當令人頭痛的暴君吧。哎呀，請放我一馬，別吐嘈說「妳已經是那種人了」。

這時候——

「……大小姐。」

托利姆瑪鎢呼喚道。

她似乎從教學大樓的接待櫃檯那裡收到了什麼聯絡。緊接著，她的水銀雙唇說出我不太想聽見的詞彙。

「祕骸解剖局派來的迎賓禮車到了。」

「解剖局派來的？」

「是的。由於今天是冠位決議前一日，他們想請您現在前往靈墓阿爾比恩。」

我不禁皺起眉頭。為了未來著想，我或許應該趁著皺紋還沒像兄長一樣刻在臉上時，準備用來撫平皺紋的魔術或祕藥。

「唉，雖然魔術師傾向於在夜晚蠢動，好歹是面對君主也毫不客氣，真有解剖局的風格。也不肯給我更多時間採取多餘的對策了嗎？」

我開著玩笑，心中悔之莫及。

跟搭乘魔眼蒐集列車獨自進入阿爾比恩的兄長不同，只要我坐上迎賓禮車，幾乎所有行動都將受到限制吧。或許是民主主義派的某個人，為了不讓我做出多餘的舉動預先安排好的——可惡，看樣子連會議提前召開都有可能發生了。

「公主。」

「妳還好嗎，小萊涅絲？」

史賓與費拉特分別關心地詢問。

真是的，從他們只有在關鍵時刻會好好表現這一點來看，這兩個人的確是艾梅洛教室的雙璧。雖然很討厭，我也不否認他們很可愛。

「我要堂堂出陣了。哎呀，你們起碼也擺出更精神抖擻的表情為我送行吧。」

我如此說道，一口喝完剩下的紅茶。

十幾分鐘後，我在托利姆瑪鎢的伴隨下坐上在黑夜中等候的迎賓禮車。

*

自稱葛拉夫的老魔術師歸來時正好經過三十分鐘，焦慮的清玄與露維雅已經提議是不是該出發了比較好。

「喔，你們沒有逃走，留下來了啊。」

「你這個人！」

葛拉夫不理拉高嗓門的清玄，捉摸不定地聳聳肩。我覺得他這樣的一面與弟子富琉很像。不過大家都發現了老人揹在背上的編織籃，證明他並非只是在外面無意義地徘徊而已。

「好了，跟我來。」

老人轉身邁開步伐。

這次我們和過來時一樣，在行走時施加了「強化」。在旁邊看來，應該快得幾乎像御風而行吧。

老人帶我們來到城鎮外的矮丘山腳下。

那是一片荒野。

這裡距離我們自魔眼蒐集列車下車的山岳明明沒有多遠，卻幾乎沒有生長任何草木。相對的，龜裂的山丘地面看來像龍鱗一般，純粹是種錯覺嗎？這裡相當於亡故之龍的尾巴……得知這件事後，我不覺得自己踩踏的地面是正常的土壤。

乾燥的風雖然沒有地表的冬季那麼冷，卻蘊含一絲魔力，一扎一扎地刺激我的魔術迴路。配上自頂罩上落下的不可思議光芒，讓我自然地吞了口口水。

就連單純的土地，在靈墓阿爾比恩也是如此異常。

如此地排斥現代的人類。

「應該會從平常的地方進入吧。這一帶很適合。」

葛拉夫自顧自地點點頭，總算回頭看向我們。

他在附近的石頭上卸下編織籃，一雙三白眼骨碌碌地瞪過來。

「喂，那邊的修驗者。」

他開口呼喚。

「你用幾步可以飛躍到那邊的山丘頂上？」

「啊？」

聽他這麼問，修驗者望向老人以下巴示意的山丘。

從平地到山頂的高度應該超過二十公尺。突出於半空中的山頂，簡直像一頭巨大得驚人的原始象。

「兩步吧。」

修驗者一臉不服地微彎膝蓋。

他展開的獨臂，宛如長著羽毛的巨鴉羽翼。因為他說需要兩步，在跨越山丘途中多半又在哪裡蹬了一下。不過即使憑我的眼力，也難以察覺他的技藝。

當我發覺時，清玄的身軀已輕易地飛躍到山丘頂上。

葛拉夫對跳回原地的清玄低聲沉吟：

「……還不錯。這是天狗飛斬之法？」

「沒錯。唯有這一招，連老爸都稱讚過俺。」

「那就很方便了。在探索阿爾比恩時，盡可能占據制高點吧。修驗道的修行，本來就包含很多適合阿爾比恩的訓練。斷食也好，呼吸法也好，隱居山中也好，大都是探索上必要的技術。我從前和修驗者組過一次隊，實力的確不錯。」

聽到葛拉夫的話，清玄連連眨眼。

「和修驗者組隊？曾有修驗者進入阿爾比恩？」

「在某種意義上而言，聚集在這裡的魔術師和魔術使比地上的鐘塔還多……你會斷了一隻手臂，是當作魔術的代價奉獻出去了嗎？」

「算是這樣吧。」

我不禁從苦笑的清玄身上別開目光。我明知自己不該別開目光的。

因為，是我的聖槍奪走了那隻手臂。

「手臂是最近才斷的吧。剛才的跳躍也有一些失去平衡。你原本會用手結印來控制魔術對吧。」

「這也無可奈何啊。計算已經失去的東西也沒有意義。」

清玄的苦笑流露出更深的悲傷之色。

「俺已經放棄那種事了。」

為了追求喪失的東西，清玄帶著應該成為真正繼承人的大哥遇襲時受損的魔術刻印，前往那座剝離城。然後，作為修復魔術刻印的交換，他被城主奪取了人格。

與我們交戰，失去右手也是那個結果。

因此，看到清玄無意談論詳情，只告訴老人「俺已經放棄那種事了」，我總覺得那是對我的體諒，反倒令我低下頭去。

葛拉夫告訴清玄：

「露出來。」

「啊？」

「別說了，捲起袖子露出那邊的手臂。」

當葛拉夫這麼堅持，清玄不情願地拉起垂下的衣袖。

葛拉夫注視了一會兒直到現在仍慘不忍睹，肉塊隆起的斷臂處，用力握住那裡。

「好痛～～！你幹什麼！老頭！」

「應該會很痛，忍著吧。」

葛拉夫簡短地說完後手臂一翻，在我還來不及阻止時，竟然將掌心使勁按在斷臂處上。

一陣淒厲的慘叫響起。

「清玄先生！」

我正想衝過去，有人從旁邊伸手制止了我。

「別插手。」

「老師！可是……」

我正要抗辯時，發現老師的目光投向了微微偏離的位置。他看的不是老人也不是修驗者，而是老人剛才以掌心緊按的斷臂處——散發淡淡綠光的枝枒狀物體，以猛烈之勢從那裡伸展出來。

「精靈根……還有這種用法……！」

「啊啊啊啊啊啊啊啊！」

宛如受到慘叫的催促，樹枝從斷臂處一口氣舒展開來。

起伏擴展的樹枝上長出茂密的樹葉，又在轉眼間枯萎凋落。那一幕彷彿在短短幾秒內濃縮了樹木的生涯。

不只如此，剩下的樹幹與樹枝直接化為清玄手臂的形狀。

雖然外面的樹皮不變，那隻手似乎會按照清玄的意思活動。他依然用另一手按住樹枝化成的手臂，動作生硬地開合手指。

「精靈根本來是種植在石像上就能直接驅動石像，使其化為魔偶的產物。只要挑選契合度高的傢伙，巧妙地結合魔術迴路，也辦得到這種招數。」

「……咿……咕……這種東西……你是從哪裡……」

或許是痛楚尚未消退，清玄跪在地上斷斷續續地開口。

「這個在地上是稀有的咒體，不過在阿爾比恩總有辦法弄到手。和你的修驗道契合度很不錯吧。雖然沒辦法變得跟以前的手臂完全一樣，它自有它的用法。接下來你在使用中去熟悉就行了。」

葛拉夫用活像把一件快壞掉的家具送出去的口氣說完後回過頭。

「艾蒂菲爾特。」

「請別每次都用家名稱呼我好嗎？」

露維雅這麼回嘴，不過也許是剛才那一幕讓她產生了一些想法，她的聲調中並未帶著輕視之意。

「妳應該會幾種用寶石自動偵察的魔術吧。」

「……是呀，那是當然了。因為既然要當魔術師，就有很多招人怨恨的機會。」

那句發言與地上最高貴的鬣狗——不，獵人十分相稱。不過，對她宣洩恨意者遭受的打擊，應該不是加倍奉還就能了事的。

「好極了。那種魔術在阿爾比恩也很有用，不過在大魔術迴路，妳最好別過度集中魔力。畢竟這裡任何地方都充滿了魔力，隨時都有遇敵反應那就沒意義了吧。雖然精密度會降低幾分，限定偵察魔術反應的對象是基本的做法。」

「限定反應對象？」

也許是老人的話勾起了她的興趣，露維雅反問。

「比方說，限定屬性來施展就不成問題。碰到這種情況，只要每隔一秒變更目標屬性便萬無一失了。」

老人說完後，突然高舉一隻手。

啪！他把手中緊握的東西灑向周遭的荒野。那似乎是阿爾比恩出產的礦石……我後來才領悟到這一點。葛拉夫在扭動手指或手腕時好像有什麼訣竅，礦石看來只像從他筆直舉起的手掌中同時向四方散落。

「我灑了幾顆礦石，掉落到哪裡了？」

「……啊，原來是這樣嗎？」

露維雅從洋裝裡拿出藍色的寶石，輕啟楚楚可憐的櫻唇呢喃。

「Call（覺醒吧）。」

隨著露維雅一句咒語，寶石的光輝改變了深度。

幾秒鐘後，這次寶石的色澤從藍到紅、從紅到黃、從黃到綠，美麗的少女若無其事地這麼回答。

「七顆……不，還有一顆藏在陰影下。位置則是這樣。」

露維雅以食指輕彈寶石，迸散的光芒落在老人剛才灑落的礦石上，讓礦石自地上漂浮起來。

葛拉夫皺起眉頭，嘖嘖咂嘴。

「真討厭。別說十五分鐘，只用短短幾句話，不到二十秒就找完啦。要是我的弟子們也有那麼出色的天賦就好了。」

「你很囉嗦耶，老頭。」

富琉頂撞回去，老師不解地歪歪頭。

他走上前一步，問出感到疑問之處。

「除了富琉，你還有別的弟子嗎？」

「喔喔，因為我是魔術使。不需要像正經的魔術師一樣拘泥於一子相傳吧。」

葛拉夫一派理所當然地點點頭，用力一拍光禿禿的腦袋。

「不過，除了那個蠢弟子以外的所有人都死了。」

「……死了？」

「那是個無聊的故事。你們可沒有時間浪費在那種閒聊上吧。那麼，這個就給你吧。」

他遞出一張紙。

那是一張廉價的影印紙。雖然好歹施加過保護用的魔術，但不像是有更高價值的觸媒或是刻著術式的禮裝。那張紙在荒野的風中飄動的模樣，顯得十分不可靠。

不過，上面的內容才是老師收下後瞠目結舌的理由。

「這是──！」

「這是阿爾比恩最新的地圖。我順便和熟人打聽了一圈，檢查過近幾個月有人目擊到怪物的路線。只要富琉看著這張地圖，應該可以將迷宮低層碰見怪物的機會降低到最低限度，往下深入。」

聽到那句話，站在旁邊的富琉臉色大變。

「喂，老頭！這種事你是怎麼做到的！」

「一個無法再使出像樣魔術的糟老頭住在採掘都市的角落，自然有足以準備這點東西的管道。只要走地圖上的路線，有可能只需和棲息在大魔術迴路裡的幻想種發生最低限度的戰鬥。有總比沒有好吧。」

「我不是那個意思！」

對於老人的說明，身為弟子的占星師放聲一喝。

「剛剛的精靈根也好，這張地圖也好，應該都不是能輕易弄到手的東西。在我待在這裡的時候，這些起碼得花掉一年的收入！」

我不禁吞了口口水。

因為他的說法實際上令人信服。富琉說明過，這個地方建立在大迷宮的存在上。那麼會出現怎樣的怪物、怪物以什麼模式徘徊這種情報的價值，應該價比千金才對。

我也忍不住說出口。

「為什麼，你要這麼做……」

「像蠢弟子說過的一樣，我早就死了。」

葛拉夫顯得十分無聊地拋出這番話。

「死人不需要財產。作為不是魔術師的魔術使，也沒有人來繼承我的財產。我只是藉由這個機會放下原本就想找時機放下的東西而已……喂，君主。」

「什麼事？」

聽到老人呼喚，老師將目光投向他。

話雖如此，老師的神情很凝重。因為他也痛切地知道，老人給予我們的東西有多少價值。

「剛才那一幕值得一看啊。因為鐘塔的君主對我這個在魔術師世界一直遭到輕視的人低頭了。就算告訴以前的舊識，也沒有人會相信吧。不，新世代的魔術師居然當上君主這檔事，對他們來說應該就比夢話更難以置信吧。」

呵呵呵，老人喉頭發出愉快的笑聲。

面對意想不到的禮物（Gift），周圍的魔術師們都驚訝得瞠口結舌，也可以說大家陷入了混亂。有誰想得到，老人竟會毫不吝惜地送出這麼寶貴的東西？

老師低下頭，擠出低沉的聲音說道。

「……承蒙過獎。雖然是在此之上又提出任性的要求，請問是否可以拜託你幫忙帶話呢？」

「哈，再說吧。」

老人收下便條，揚起一邊眉毛。

（……為什麼？）

我忍不住感到疑惑。

真是極度不可思議的關係。

老人與老師相遇後還不滿短短一小時。然而，老人——如果富琉的說法屬實，不惜傾家蕩產地提供資源幫助我們，老師似乎也料到了這一點。

在這段我也大致全程參與，短暫至極的交流中，應該存在著某種足以深深打動他的因素吧。

「——喂，富琉，這個給你。」

葛拉夫又從編織籃中拿出背包，交給富琉。

「我隨意挑了一些人們最近會用的探索工具放在裡面。你應該不需要說明也懂得用法……還有，這個也拿去吧。以前錯過機會沒有給你，這是我以前活躍時用的小刀。」

「……沒關係嗎，老頭？以前不管我開口要了多少次，你都不肯讓給我吧。」

「你知道的吧。我的身體已經用不了這把刀了。之前純粹是因為捨不得才留著罷了。」

富琉揹起背包，低頭看著小刀一會兒後收進懷中。

「我知道了。感激不盡。」

「用不著感激我。好了，時間很趕吧。快走吧。」

老人厭煩地揮揮手。

他的舉動彷彿在說這下子總算趕走了麻煩，但到了現在，我並不認為那個動作單純出自那樣的情緒。

富琉在停頓一會兒後喃喃低語。

「老頭，你可別馬上就死了。」

「事到如今幹嘛還說這個。地上應該早就忘了我的存在吧。」

老人咧嘴露出牙齒，咯咯發笑。

他笑起來的方式與亞德很像，那是種一點也不高雅，卻在替對方著想的態度。我總覺得收在右肩固定狀置(Hook)內的匣子彷彿喀嚓喀嚓地動了動。

我轉過身，看到富琉正搭著老師的肩膀，催促他出發。

「我們走，Ⅱ世。」

「……沒關係嗎？」

「嗯。」

富琉僅僅點個頭，就迅速邁開步伐。

露維雅和清玄也在向老人點頭致意一次後跟隨上去。

「富琉！艾梅洛II世！」

在已拉開很長一段距離時，呼喚聲從背後傳來。

「你們一定要回來！不必過來給我看你們的苦瓜臉也無所謂！但一定要從阿爾比恩回來！」

占星師沒有回頭，舉起強壯的手臂作為代替。

3

我們跟著富琉前進，地形轉變為丘陵地帶。

地上依然並未生長著樹木等植物，相對的則有好幾根相連的龜裂圓柱。雖然看起來像是環狀巨石陣，但似乎並非人造物，而是由風化等侵蝕作用造成的形狀變化。

老人一直留在原地注視著這邊。

看來也像是殘留在荒野上的石像。

當那道身影終於消失在林立的石柱後，富琉悄然低語。

「……那個老頭作為魔術師的部分會死去，一半算是自作自受，不過另一半是我的緣故。」

「這是怎麼回事？」

露維雅走在石柱之間，開口發問。

「剛才他說過，除了我以外的弟子都死了吧。」

葛拉夫的弟子。

也就是指那些富琉同輩的魔術師——魔術使們吧。

「那麼說雖然不是謊話，但也不正確。除了我之外的弟子，全都被人一起殺害了。」

「被殺害了？怎麼搞的！」

聽到那句令人不安的話，原本不斷握起又鬆開新生長的手掌的清玄反應道。

受到震撼的我，也不禁豎起耳朵聆聽。

「老頭本來是阿爾比恩的生還者。」

一開始在老人的房間見面時，他也這麼說過。

「地上的鐘塔是魔術師最好的研究環境，不過魔術使要磨練實戰，沒有比阿爾比恩更適合的地方。老頭作為生還者離開迷宮前往地上後，憑藉精明機敏的本事闖出一番名號。別看那個樣子，他意外地樂於助人。他常常收留因為類似緣由變得無依無靠的落魄魔術師……我也算是其中之一。」

富琉的話，讓人不自覺地想起老人往年的模樣。

應該是在中東吧。

在閃耀的陽光映照下，那位老人身邊一定曾環繞著好幾名年輕魔術師。或許，那也很像老師所經營的艾梅洛教室吧。聽說那些以富琉為首的弟子們以涉獵魔術之人來說性情開朗，經常參與黑手黨與諸部族的仲介工作。

「而這些活動當然觸及了鐘塔的逆鱗。」

富琉的話聲逐漸被紅褐色的地面吸收。

「神祕應當隱匿。老頭以前待的業界終歸屬於地下範圍，也絕未觸犯鐘塔的戒律，但行動有點太過高調肆意了。由於他的態度，本來就結了不少仇家。唉，他不但講話過於難聽，手腳也不乾淨。結果當時的我跟他也變得關係疏遠。我叫他趁著被人盯上之前把各種買賣收一收，但他完全聽不進去。」

依照富琉的說法，事情發生在葛拉夫接下一件委託，暗中出國的時候。

他的工坊突然遇襲。

那個地區內戰頻傳，工坊好像遭到戰火波及。話雖如此，就算階位不高也身具超人能力的魔術使們，不可能輕易地死在只是拿著區區槍械的普通人手上。而且大多數工坊都設有結界，防禦沒有薄弱到只靠物理手段就能侵入的程度。

這是憎惡葛拉夫的魔術師授意的結果。

當葛拉夫歸返時，工坊已化為廢墟。不僅他長年來用心收集的觸媒和咒體都被掠奪一空，連負責看守工坊的弟子們也統統慘遭殺害，屍體上還留下嚴刑拷打的痕跡，看得出他們直到最後一刻都在受苦。

「弟子遇害後，老頭化為復仇的惡魔。」

富琉的話語中流露出難掩的悔恨。

他是懊悔自己在慘劇發生時不在場？還是懊悔在慘劇後未能阻止老人？

「老頭一個接一個宰掉了實際下手的加害者、剛好在場的軍人，還有教唆他們的那些傢伙。他怎麼說也是教我占卜的老師，面對他根本無從躲藏。從那以後的大約兩年期間，他被人當成惡魔般畏懼。」

「…………」

我忽然想到陰影。

任何人的生涯中都會碰到鬼迷心竅的情況。投射在老人生涯上的陰影太過昏暗、太過巨大，因此導致老人與陰影化為一體。因為只要化身為原本恐懼的事物，就再也不必感到恐懼了。

「……啊啊，這次他也做得太過火了。對人下手總有被討回來的一天。老頭的報復也不例外，那一夜，命運派出的對手，是最不利的殺手。」

「……殺手？」

老師微微冒汗地追趕著快步前進的富琉，開口發問。

「那是有段時期在地下社會很出名的魔術使殺手。一個使用獨特魔術的東方人。不知道用的是什麼術式，在吃了那個人的子彈後，老師的魔術迴路和魔術刻印一併變得稀爛。」

「——！」

老師一瞬間僵住了。

他說不定想到了某些事。富琉之所以會談起這個話題，或許也是有意向老師套話。

無論如何，那都是我不明白的事。

同時我也覺得，至少現在不明白也無妨。我信賴他，相信如果有必要的話，這個人應該會告訴我。

「看來你似乎很了解那名殺手。」

「那是當然了。因為我和他暫時組過搭檔。」

富琉高高地揚起嘴角這麼說，不只老師，連清玄也瞪大獨眼。

「那麼，是你這個弟子把那位老爺子逼到絕境嘍！」

「所以我才說，有一半是我的緣故吧。畢竟我們關係變得疏遠，旁人以為我對老頭懷恨在心。實際上以當時的情況來說，這麼想也不算有錯。哈哈，我會得到弒師者這綽號也可以理解吧。」

富琉踏著坡道，用自嘲的語氣說道：

「剛才提到的殺手，本事真的精湛得教人膽寒。我指的不是單純的魔術能力，而是他瘋狂地擅於針對魔術師與魔術使的盲點趁虛而入。老頭雖然也很有一套，對方甚至沒讓他進入魔術戰，戰鬥就以老頭輕易中槍結束了。要不是我假裝給了他最後一擊，藏匿他的地點又是阿爾比恩，應該瞞不過那名殺手……不，說實在的，那人或許心知肚明。只是作為魔術師的老頭已經被徹底破壞，才放他一馬。」

「…………」

老師不自然地陷入沉默。

富琉毫不在意地往下說：

「據說僱用殺手的人是某位鐘塔的貴族。由於與雇主之間有中間人仲介，我們實際上也不清楚對方的身分。」

「也對，那一類人不會親自提出委託吧。」

走在老師後方的露維雅接過話頭。

從她的角度來看，那邊應該才是她所熟悉的世界。身為魔術使的殺手與血統尊貴的貴族——原本一輩子都不可能碰面的兩者，在這裡卻並列在一塊。

富琉觸摸附近的石柱同時頷首，目光在地面游移。

「老頭打從以前便說過，鐘塔那群選民們企圖骯髒地獨占神祕與魔術，不可原諒。老頭之所以會進入阿爾比恩，成為生還者，應該也是想爭口氣給那些傢伙瞧瞧吧。他在離開迷宮來到地上後，行動變得有些過於膽大妄為，也是由於難以克制同樣的念頭吧。他大概想著『我都在那個阿爾比恩獲得了成功，誰管鐘塔那群混蛋囉嗦什麼』，一直選擇了無視吧。」

這種想法付出了代價，老頭失去疼愛的弟子與精心製作的工坊、自豪的魔術迴路與魔術刻印——他真的失去了一切。坦白說，即使回到阿爾比恩，我也沒有把握老頭能不能活下來。雖然在能力方面不成問題，他已被奪走所有生存意義。只要沒有活下去的理由，無論任何人都會輕易死去。」

「…………」

我總覺得懂得一點。

我並未像那位老人一樣不顧一切地努力過，也不曾為了向某個人爭口氣而燃燒熱情。可是，如果一直很重視的願望如願以償，有時那願望將會束縛自身的行動吧。

因為願望的重量，也就是靈魂的重量。是決定要那樣生活下去，並一路像那樣生活過來的結果。既然如此，耗費大半輩子實現的願望已非單純的夢想，而是那個人的生存方式本身。

並且，要是如此重要的願望牽連到自己珍惜的人，害得他們蒙難，到底該如何消磨剩下的時間（生命）才好？

「鐘塔的君主，對這樣的老頭低頭懇求。」

富琉微露苦笑。

「沒錯，想爭口氣給鐘塔瞧瞧的魔術師和魔術使應該多得是。老頭也只不過是其中之一。不過，老頭曾一度實現那個夢想，被夢想所擺布，最後又被奪走夢想。你等於為他再度實現了那陳舊的夢想。我說艾梅洛Ⅱ世，你認為『老頭是這種人對吧』？因此你才率先低頭，我說得對嗎？」

「……啊。」

我輕聲呻吟。

我也終於明白了富琉所說的意思。

「你覺得我是惡人嗎？是個為了私心利用他人重要心願的罪人。」

老師的聲音調蘊含陰鬱之色。

實際上，有些人應該會這樣譴責他。這多半是老師能夠在鐘塔一路走過來的原因之一。他不擅長陰謀，也不擅長體察人心的微妙之處。儘管如此，他卻能洞悉魔術師內在的動機（Whydunit）。

凡是矢志於魔術深淵者，老師的觀察力就會看透對方的核心。

——「有眼光。」

老人那句話，是針對老師這種特質而發的嗎？

於是，富琉淡淡地笑了。那個表情與方才的自嘲性質不同。

「不，老頭也很清楚。他在心知肚明的前提下，很感謝低頭懇求他的你。他大概覺得自己的人生現在才終於得到了回報吧。我多半也應該感謝你。」

富琉說著，僅僅回了一次頭。

雖然已經看不見人影，我總覺得老人的氣息還殘留著。我不禁覺得，老人還在那座山丘的山麓等待我們。

一股強烈的感情湧上心頭。

據說魔術師是割捨人性，將之奉獻給神祕的生物。我也多次親身體驗過，實際上正是如此。然而，為何我有時候卻覺得他們如此充滿人情味呢？

從那以後，沒有人說過幾句話。

經過一段時間，富琉停下腳步。

「啊……！」

我屏住呼吸。

自從進入丘陵地帶後，地上便林立著一些石柱，但這裡大量堆積著形狀奇異的岩石。或是呈球體、或是呈三角錐，或是帶著星形突起的立體岩石堆疊成好幾堆，保持極不穩定的平衡。

那與其說是藝術家的創作，更像是巨人的孩子依奔放的心思隨興發揮，用黏土捏成的作品。

當中甚至還有在平衡上有問題，應該說明顯違反重力法則的組合。像是上部如腫塊般隆起，大幅傾斜的石塔等等，沒有崩塌才令人難以置信，撼動我對平衡感的認知。這樣的風景，也是亡故之龍的魔力塑造而成的嗎？

我感覺自己迷失在超現實主義的畫作中。

在半途中，富琉再度開口：

「就是那裡。」

「那裡？」

「靈墓阿爾比恩的主要迷宮部分，也就是大魔術迴路──靜脈迴廊奧多貝納，當中有不少非正規入口。熟練的採掘隊伍中，大約有一成保有獨家的入口。正好可以作為捷徑，前往老頭地圖上的位置附近。」

「熟練的採掘隊伍當中的一成呀。」

露維雅很感興趣地問。

「這代表你也曾在那一成裡頭嗎？真可靠。」

「只是碰巧而已。妳也知道我很擅長這類占卜吧。」

富琉厭煩地揮揮手，伸手去拿腰際的小刀。

他半途中停下來，從懷裡取出另一把刀。那是老人方才交給他的小刀。

「Lead me（引導我吧）。」

他拋出的小刀在半空中描繪弧線，一瞬間不自然地靜止──又淩厲地刺向其中一座石塔。

一個可供一人通過的漆黑洞口，從小刀刺中之處緩緩地展開。

上面似乎施加了某種幻術。這種手法，多半也是他向那位老人學來的。

「……好，還可以用。」

「我記得在阿爾比恩內側，形態不時會發生變化吧。」

老師從後方說道。

「這個入口有可能半途變成死路嗎？」

「這得賭運氣。無論如何，走正規路線都不可能在短短不到二十四小時內抵達目的地吧。」

「的確沒錯。」

老師也承認道。

「別撞到頭喔。」

富琉彎下腰，鑽進洞口。

接著是清玄，第三個是老師，然後是露維雅和我。我們以這個順序進入洞穴內。

「那麼，我們潛入大魔術迴路吧。」

富琉的聲音，在深不見底的黑暗中響起。

4

光芒盤踞於黑暗中。

宛如正閃閃生輝地群聚舞動，也宛如閃爍火花的仙女棒。

不過那些光亮在原理上接近於爆炸。由於多條通道集中在一起，具有微妙差異的魔力注入其中，結果使得通道彼此排斥而發光。

此處是阿爾比恩的大魔術迴路中層的數個匯合點之一。

這裡形似海洋。

因為珊瑚密密麻麻地淹沒階層。

不，那當然不可能是一般的珊瑚。理應棲息於清淨海洋中，既非礦物也非動物的物體，現在呼吸著阿爾比恩濃密的魔力，綻放出繽紛的色彩。

這些珊瑚是寄生在亡故之龍上的生命。

在通往妖精鄉的夾縫中死亡的龍，遺骸懷抱著許多事物化為迷宮。

比方說，有牠作為龍的魔力，有現實與妖精鄉之間的夾縫這個極其罕見的相位，有原本應當已經遺失的純粹神話時代大氣（Texture）。因此，與這一切融為一體的阿爾比恩，達成了不同於任何靈地的單獨進化。

本來無形的魔力光爆炸這種怪異現象，也唯有在此處才會發生。

即使稱阿爾比恩是與阿特拉斯院、彷徨海並列三大魔術協會的鐘塔自豪的最大資源，也不為過。

因此，這座迷宮內並不存在完全穩定的地方。

此刻，異類混入了那個匯合點。

獅子發出吼叫。

準確來說，是與獅子十分相似的幻想種。

生著兩顆獅子頭顱與禿鷲的翅膀，巨爪上滴著黏稠的毒液，不存在於地上的任何傳說中——像這樣的魔獸，應該也只棲息在靈墓阿爾比恩中吧。

當然，此處的異類不是指獅子。

而是與牠對峙的另一個人影。

摻雜魔力的咆哮再度襲向人影。野獸的咆哮(Beast roar)自古以來便在種種地區被看作神祕的顯現。就算是在棲息於阿爾比恩的寄生生物，被如此威猛的咆哮一吼，大都會被迫停止精神活動，只能淪為雙頭獅的口中餐。

「啊啊，這就是野獸的悲哀。面對無法用優勢壓倒的對手，就會略遜一籌。」

人影感慨地呢喃，緩緩地拔劍出鞘。

不，那個動作之所以看來徐緩，是因為很合理。刀刃以從容不迫的速度描繪出最短的動線，劃破黑暗。

「——鍛鐵（Hephaistos）。」

不知獅子有沒有聽見人影同時呢喃的神話時代詠唱。那句揭示鍛冶之神的咒語，應該帶來了大幅提升刀刃鋒利度的效果。

獅子的兩顆頭顱都在一個呼吸間落地。

「真是一片愉快的土地啊。要是卡利斯提尼那樣的人看到，應該會喜極而泣。」

偽裝者收起在古代馬其頓鍛造的佩劍後回過頭。

「你差不多要叫苦了嗎，現代的魔術師？」

「……沒有的事，我還撐得住。」

哈特雷斯在她背後擺出笑容。

說歸這麼說，魔術師的臉頰憔悴得判若兩人。因為他正在消耗的精氣（Od）量非同小可。從潛入阿爾比恩前開始，哈特雷思就持續向使役者偽裝者供應魔力。

她已經運用對軍寶具打過多場遭遇戰。作為身經百戰的勇士，偽裝者幾乎只用最低限度所需的魔力處理每次的戰鬥，不過她畢竟屬於額外職階，也幾乎無法獲得聖杯的支援。

哈特雷斯供應給她的魔力量，已經達到讓一般魔術師衰竭而死五次都不稀奇的程度。

不同於以前在魔眼蒐集列車的情況，不得不持續戰鬥的環境，迫使哈特雷斯博士負荷著非比尋常的疲勞。儘管他當然「另有安排」，要不是能夠在一定程度上轉換盤旋於整個阿爾比恩的濃密魔力，應該早就倒下了。

話雖如此，偽裝者反倒很佩服地揚起一邊眉毛。

「你意外地熟練啊。我還以為你會在步調的分配上失誤，在半途失敗呢。」

「雖然我辭職很久了，當鐘塔的學部長可不是那麼簡單的工作。」

魔術師微露苦笑，飲用掛在腰際的靈藥。

這也是貴重的珍品，大量服用還會出現很大的成癮性，但唯有這次是無可奈何。其實，如果光是要強行提振精神，以現代科學技術研發的能量飲料更加安全，效果也更好。不過既然要活性化魔力，能量飲料還是不如魔術製造的靈藥。

偽裝者聳聳肩，冷靜地觀測。

「看來距離目的地大概還剩一半路程。」

「明明沒計算階層數，真虧妳有辦法判斷。雖然我也認為大致上是走到這麼遠了。」

「因為這方面的直覺不管用的傢伙，跟不上吾王的征服大軍。畢竟，我們連他打算征服哪裡、征服多少地方都不知道。活下來的傢伙自然會練出這種直覺。」

「原來如此，如此準確的直覺，幾乎就像預測未來了。」

在如海底般黏稠的空氣中，哈特雷斯深呼吸。

偽裝者瞪視大魔術迴路的黑暗，靜靜地邁開步伐。

她突然再度開口：

「……這代表大約半天後，『我就會死在你手裡』吧。」

「是這樣沒錯。」

哈特雷斯坦然地回答，偽裝者也點點頭。

「嗯。畢竟你要以我為媒介，讓作為神靈的吾王伊肯達再臨。在召喚他的那一刻，現在的我當然會消失……啊，對於這個情況，應該說是你實現了我的願望吧。」

「願望嗎？」

「我想為王而死。你會實現這個願望對吧？」

面對她的發問，哈特雷斯皺起細眉。

「……非常抱歉。」

「別道歉。」

偽裝者呵呵大笑。

自從受召喚以來，這名女子或許是第一次像這樣笑著。

她拿起掛在腰際的扁酒瓶送到嘴邊。

從瓶裡瀰漫而出的氣味自然是酒味。能夠帶進阿爾比恩的東西有限，不過她堅持要帶

極品美酒不肯讓步，很符合她的風格。

「你是魔術師吧？哪怕背離現代的常識，也要以相應的理想和潔癖，伴隨勇猛的驕傲殺死我。你就用古老又全新的神話時代的燈火，引領現代的魔術師們吧。」

偽裝者的話語說到此處打住。

「……不，你的動機從一開始就不是那樣吧。」

哈特雷斯微微地……反應極其細微地屏住呼吸。變動的程度極小，如果對方不是使役者一定不會察覺。

「妳看出來了？」

「你喔。我們可是相處超過兩個月嘍。就算我不了解人心的微妙之處，也會隱約認識到你有怎麼樣的人格。從現代魔術師的觀點來看，你不太適合當魔術師。雖然在運用陰謀和策略上表現過人，但你並不喜歡這些，做起來也不像呼吸般自然。你是那種放著不管的話既不會礙事但也沒什麼用，整天發呆看雲度日的人吧。啊啊，連吾王的呼喚都不回應的人，全都是這種傻瓜。」

「第一次有人這樣說我呢。」

「這代表你周遭的傢伙都很沒眼光。」

偽裝者從鼻子裡哼了一聲，如此斷言。

她停頓一會兒，迎面注視著哈特雷斯，眨眨眼睛。

「喂喂，你還會露出這種表情啊？是吃了什麼不好的東西嗎？還是被靈藥傷到腦子了？」

「哈哈哈。很難講喔。不如說，我覺得好笑的話也會笑呀。」

他的聲調裡摻雜一絲懷舊的意味。

「啊，不過，因為以前經常聽弟子們談論阿爾比恩的話題，或許讓我回憶起了一點往事。」

哈特雷斯往昔的身影。

以前擔任現代魔術科學部長時的他。

「那些生還者弟子嗎？」

「喬雷克、卡爾格、蓋謝爾茲、阿希拉、庫羅。」

自哈特雷斯口中吐出的名字，也宛若被遺忘的國度的咒語。

「愛談阿爾比恩時代往事的是庫羅。聽說，卡爾格與喬雷克兄弟當時負責和幻想種戰鬥。碰到沒有勝算的對手時，他們兩個會用香包與笛聲引開怪物，蓋謝爾茲和庫羅趁機盡可能發掘埋藏在魔術迴路之間的礦石等等。至於是否打得過對手，據說是由繪製地圖、隨時啟動警戒用術式的阿希拉來判斷，但要繪製這座迷宮的地圖應該非常困難吧。」

「儘管他們幾乎全是鐘塔事先送進靈墓阿爾比恩的間諜。」

偽裝者會傻眼地這麼說也是難免的。

在她的時代，當然既有陰謀，也有密探(Spy)存在吧。不過，派人花費數十年歲月，跨世代地實行構陷其他派閥的計謀……這種事情實在超出她的認知範圍。

「姑且不提蓋謝爾茲，卡爾格和喬雷克交換身分讓我很頭疼啊。」

交換身分事件。

如同艾梅洛Ⅱ世推理過的一般，那兩名弟子交換了身分。大致上的目的也和推測相同，是為了竊取祕骸解剖局的情報等等嗎？

「拜此所賜，直到蓋謝爾茲為止都還能暗中進行，對付躲在祕骸解剖局裡的卡爾格——喬雷克時卻要動用武力硬來，結果只得殺了他。我的干預因此完全曝光了。雖然處理掉屍體，卻被那位冠位魔術師輕易地看穿了破壞屍體的意義。」

蒼崎橙子問過哈特雷斯——他們是誰的弟子？

她迅速地察覺了哈特雷斯弟子失蹤案的真相。也就是那些失蹤的弟子在成為哈特雷斯的弟子前，便屬於其他派閥。他們是被派往阿爾比恩潛伏，以期未來能夠幫助原先派閥的間諜這個事實。

「我記得庫羅已經死了，那只有阿希拉早一步躲藏起來了？」

「無所謂。我只是因為有可能無法自阿爾比恩歸返，想了結心中的遺憾罷了。」

「遺憾嗎？」

哈特雷斯提著一個銀色的大手提箱。

盯著那個與迷宮探索一詞非常不相稱的箱子幾秒鐘後——

「主人。」

偽裝者呼喚他。

「你是主人吧。既然如此，你也可以無視我的願望，在這裡罷手。憑我的能力，從現在起也能帶你掉頭離開阿爾比恩，送你前往你喜歡的地方。去找你說從前關照過你的醫師也可以，前往無人知道你是誰的世界盡頭也行。雖然魔力有些吃緊，我會陪伴你直到聖杯戰爭結束，我無法再現界為止。」

「…………」

哈特雷斯略遲了一會兒後回答。

「……妳會想要像那樣活著嗎？」

「別胡言亂語！」

偽裝者放聲大喝後，又連她自己都感到驚訝地猶豫起來。

她思索的時間只有短短幾秒鐘，那句話卻具有長達數年——或許是兩千年的分量。

「……不，或許是吧。」

她的低語，掠過大魔術迴路那些形如珊瑚的物體之間。

「除了童年以外，我在生前也不曾長期待在同一個地方。吾王帶著所有人四處跑，王之母奧林匹亞絲為了將我培養成戴歐尼修斯的巫女，在神殿裡不斷反覆地舉行儀式，不過那是軟禁，不能稱之為生活吧？所以對我而言，或許只有那所學校算是我的故鄉。」

「妳是指米埃札學校嗎？」

伊肯達小時候，曾與日後成為其近衛及將軍的朋友們一起在那所學校學習，可說是歷史上最著名聲顯赫的教育設施之一。而老師是偉大的哲學家亞里斯多德。伊肯達他們盡情地享受過幾乎習得當時所有學問，可說是神之恩典的傑出人才的教學。

同一時期，偽裝者應該也在同一所學校裡學習過。

「妳那時候看過雲嗎？」

「當然看過啊。我從窗外的景色看到了一點。」

偽裝者溫柔地微笑著。

「當時我很想多看一會兒。不過，要學習的東西很多。雖然我是替身，因為是魔術上的替身，並非時時都與王同行。亞里斯多德老師的課程中，我能夠上到的部分大概是其他人的一半，對魔術抱持懷疑態度的尤米尼斯和克雷圖斯待我十分冷淡。」

依情況而定，哈特雷斯接著所說的話，很可能會導致像她先前打倒的獅子一樣首級落地的下場。

「所以，妳才無法原諒繼業者(Διάδοχοι)戰爭這種背叛嗎？」

「……很難講。」

偽裝者回答。

在伊肯達去世後，以他留下的遺言「由最強的人統治帝國」為契機，其母親與忠臣們展開了一場以血洗血的大戰爭。這不正是讓她不回應王者軍團（Ionioi Hetairoi）的號召，這次決心效命於哈特雷斯的原動力嗎？

「在剛受到召喚時，我是這樣想的。就算到了現在，我光是去想這件事，就有一股強烈的憎恨湧上心頭。無從壓抑的烈火自體內熊熊燃燒著……不過，如果我和兄長當時在世，或許一樣會成為當中相爭的一派。倒不如說，我們很可能會最熱切地標榜自己正是繼業者吧。」

「應該會是如此吧。我覺得渾身染血的模樣很適合妳。」

「你姑且要先否定啊。」

偽裝者像鬧彆扭般噘起形狀工整的嘴唇。

哈特雷斯聳聳單薄的肩膀，這次換偽裝者問他。

「在遭到弟子背叛時，你有什麼感覺？」

「……如果清楚地知道的話——嗯，我現在應該不在這裡吧。」

話語宛如落葉般飄落地面。

「如果我能將不明白的事情放著不管，應該也不會在這裡。放著不管恐怕才是人類一般的做法。壓抑自身的心情忍耐地過生活，甚至對魔術師來說也是基本。不過，我一定是因為無法辦到，才會召喚妳並出現在這裡。」

聽到哈特雷斯的話，大魔術迴路的光芒在偽裝者的臉上搖曳。

有時變得蒼白，有時變得暗紅的光波，看來也像是在她心中不斷轉變的情緒。

「是啊。我也無法忍受。如果和你站在同樣的立場，我說不定會做出一樣的事，我無法原諒他們……基於我的私心，我無法放棄再度顯現吾王這件事。」

使役者的微笑，不知為何看來像個女童。

「我們兩個同樣都無法忍受啊。」

「是啊。」

哈特雷斯點點頭，臉龐在下一瞬間大幅向後仰。

偽裝者以食指用力地彈了魔術師的額頭。

「你搞得我好亂。接下來別露出那種無力的表情了。」

她對摀住額頭的哈特雷斯低聲發笑。

「不過，我可不討厭那個表情。要是有機會開宴會痛飲，你再露給我瞧瞧吧。」

「我的酒量沒好到能追得上妳啊。」

「沒那個必要。啊，連吾王也一樣，唯獨在酒量方面跟不上身為戴歐尼修斯巫女的我。」

偽裝者得意地揚起嘴角，又嚥下一口扁酒瓶中的酒。

「話雖如此，現在實在也沒時間一起喝酒了。」

「不。」

哈特雷斯奪走偽裝者手中的扁酒瓶，湊到嘴邊。

遙遠馬其頓的使役者滿意地注視著他單薄的喉嚨咕嘟滾動。

然後，她問了另一個問題。

「……冠位決議就要開始了吧？你認為會議會按照你的預測進行嗎？」

「誰知道。無論如何，要做的事已經不會改變了。」

「沒錯。」

偽裝者的目光轉向迷宮前方。

宛如海中珊瑚的通道，在前方又會改變形態吧。迷宮會時而美麗、時而駭人地迷惑入侵者，有無數的怪物正在埋伏等候吧。

儘管如此，哈特雷斯的聲音毫無怯色。

「走吧。我會好好地殺死妳。」

「嗯，我的主人……我當然在等待。我已經等待那一刻等了兩千多年。」

兩人靠在一起邁開步伐，走向光明與黑暗交織，如同死刑臺的階梯與婚禮的紅毯融為一體般的大迷宮通道。

◆ 第二章 ◆

1

每次移動，就會響起喀沙喀沙的樹葉摩擦聲。

這片景觀——雖然我只在電視上看過——應該類似於南洋的叢林吧。

蕨類覆蓋地面，高聳的植物掩蓋七成的視野。空氣中充斥著青草蒸騰的熱氣，地上明明正值隆冬，我身上卻直到胸口都被汗水淋濕。

不時有奇特的生物竄過這些植物之間，偶爾當看來很危險的個體接近時，露維雅會事先發出警告。

「……八點鐘方向傳來兩個水屬性、一個風屬性反應。將行進方向轉往五點鐘方向，避開牠們的接近吧。」

富琉和露維雅已經互相示意，多次變更過移動方向。

此刻，露維雅周圍漂浮著五顆寶石。

那是對應五種屬性的寶石。

葛拉夫所說的警戒法看來的確是針對阿爾比恩進行了最佳化，儘管幾乎即將發生戰鬥，我們仍然設法避開了接觸。不，我連是否幾乎將發生戰鬥都無從得知，不過從老師他們的說法來判斷，情況好像是這樣。才進入阿爾比恩大約半小時，那位老人教導的知識已經不知保護了我們多少次。

（葛拉夫先生……傳授的知識。）

正因為有那張地圖配合富琉一路培養出的經驗，我們才得以平安無事吧。

進入阿爾比恩後，景觀在短時間內多次大幅發生變化，令我們吃驚不已，不過還是有兩個共通點。

一個是僅僅呼吸幾乎就讓身體麻痺到肺部的濃密魔力。

另一個是地面有奇特的光芒掠過。

那是光帶。

莊嚴的光流接二連三地湧現，有的緩緩地，有的忙亂地搏動著，朝我們的另一頭流去。那片景色十分壯闊極，同時姿態感覺又非常親近……打個比方，酷似於在所有魔術師體內循環的魔術迴路。

我不禁呢喃。

「這就是……大魔術迴路。」

「即使龍死去，龍的魔術迴路依然像這樣存活著，其中蘊含神話時代的神祕。正因為如此，這裡才叫大魔術迴路，別名靜脈迴廊奧多貝納。」

我心不在焉地聽著富琉說明，身旁響起露維雅的聲音。

「這麼說……難道意思是神話時代的真以太還在這個魔術迴路內循環？」

「或許是吧，不過沒有魔術師能夠傷害這個魔術迴路。」

如同富琉所說的一樣，我曾在路上變化亞德的形態試著砍下去，光帶卻毫髮無傷。

「這裡異樣的生態系統，也是受到魔術迴路影響的結果嗎？」

「這當然是一部分的原因，但最好別一心認定是這樣。阿爾比恩每個匯合點情況都截然不同，當時期轉換，原本穩定的情況也會出現轉變。已經沒有人知道精確的因果關係是什麼了。」

彷彿在回應富琉的話，光帶的色澤變化成紅色、綠色。

就在這時候——

「——那裡！」

躲過偵察魔術的影子突然自蕨類之下隆起。直到剛剛為止應該都只有二次元形狀的影子，轉眼間化為三次元的細長動物。

看起來像是蛇

不過，那當然並非普通的蛇。

「——！」

自二次元影子實體化的蛇朝我們躍來，在半空中釋放紫電。

「露維雅小姐！」

在清玄的叫聲響起前，異變發生。

原本漂浮在露維雅周遭的寶石吸收了那道紫電。看來她同時施展了偵察魔術與防禦魔術，好讓自己能夠因應任何攻擊。

富琉拋出的小刀，在她還沒被咬到前刺穿了蛇首。

「要小心。」

富琉收回小刀後這麼警告。

「剛剛的影蛇也一樣，棲息於大魔術迴路的幻想種在某方面很接近神話時代。牠們擁有性質無比接近魔術的天生領域。」

「你說接近魔術？」

「幻想種具有幾種含意。在現代地上的幻想種絕大多數只是經過獨自的進化，作為大自然生物的樣貌。相對的，神話時代與阿爾比恩的幻想種則有現實中不可能存在的性狀。天生領域是牠們帶有的超自然法則。」

「原來如此，我學到了很多。」

露維雅拍拍洋裝的塵埃，在走了一段路後重新開口：

「目的地是古老心臟對吧？」

「沒錯。」

老師肯定道。

「到時候，冠位決議也會緊鄰旁邊舉行吧。」

該說他無所畏懼嗎？

哈特雷斯企圖舉行的儀式，舞臺選在鐘塔最高會議冠位決議的咫尺之遙。這當然不是巧合。由於在相同時期追求魔術上的意義，結果讓他到達了倫敦神祕最為濃密的靈墓阿爾比恩的核心區域吧。

「哈特雷斯的術式，目的是使神靈伊肯達再臨，藉此讓神話時代的魔術復活……來著？這種事就算是魔術師也不敢相信。」

清玄這麼說出口。

「不過神話時代的魔術可以直接連結神靈的權能。既然神靈與根源有著牢固的聯繫，這麼一來不是不必抵達根源也行了嗎？」

「你也想追隨他嗎？」

「不。不過，俺覺得這是個美好的夢想。不去實現魔術師兩千年的夙願——取而代之的，給魔術師們一條不實現夙願也無妨的逃避之道。作為消除現實痛苦的美夢（麻醉），很少有比這還要更好的方法吧？」

清玄的低語，帶著某種絕非只是在開玩笑的成分。

他撫摸剛由精靈根重塑好的手，以獨眼瞪著老師。

昔日的凶手與昔日的偵探互望著對方。

「為了破壞他人這樣的夢想冒著生命危險嗎？啊，這實在很有你的風格，艾梅洛II世。」

「我也有同感。」

聽到清玄略帶諷刺的言語，老師真摯地點點頭。

他彷彿在說，因為真摯是他唯一能夠給予的回應。

面對葛拉夫時也是如此，我覺得老師對待所有事物的態度太過直率了。就像他堅持自己是惡人一樣，其中應該也有一定程度的算計，但我不由得感到不安，擔心這份認真有一天會摧毀他。

「……我還有一件事想做個確認。」

露維雅在此時插話。

「在這個時機提出召開冠位決議並非巧合吧。畢竟，唯有在發生第五次聖杯戰爭的這個時機才能召喚使役者。而且，唯有古老心臟的堤防為召開冠位決議而開啟的此時，才有可能舉行儀式，用你所說的術式從那個偽裝者身上召喚出神靈伊肯達。」

「正是如此。」

「那麼，哈特雷斯幾乎無庸置疑地與君主或接近君主的某個人有勾結。沒有錯吧？」

老師以前也說過此事。

某位冠位決議的參加者，是哈特雷斯的共犯。

「對。目前，我的義妹萊涅絲正前往出席冠位決議。」

「你還真信賴她呀。弄不好的話，可是會跟君主——不，雖然不知對方是貴族主義派還是民主主義派，可是會跟身為共犯的君主所屬的整個派閥為敵喔。哎呀，這想法相當有趣呢。」

老師踩著茂盛叢生的蕨類，回頭望向大放厥詞的少女。

「要說的話，妳的艾蒂菲爾特家或許也會受到波及，雖然到了這一步才說這些也太晚，妳明知有這種風險，為什麼願意幫助我？」

「那為什麼會是退縮的理由？」

露維雅一臉不可思議地反問。

「我是魔術師。身為活在現代的魔術師，幾乎沒有機會碰上如此深奧的神祕吧。那麼，區區和鐘塔的一個派閥為敵，為何會構成遲疑的理由？」

「原來如此……」

少女實在太過果斷了。

以前她找老師擔任導師時也是如此，在作為魔術師前，她的存在方式先是個太過完美的貴族。甚至連奪走他人之物時，她都會傲慢地主張「我更匹配這件寶物，這也無可奈何」吧。

我覺得這樣的她很美麗。

「那麼，我想請教有經驗的老手的意見。我記得你說過，第一條捷徑在這附近吧？」

「就快到了。」

富琉表示。

不到十幾分鐘後，地面的植物全部消失，周遭瀰漫著異樣的臭味。

氣味的來源橫亙在我們眼前。

那是一條河。

自從進入地底後，我有好幾次感到大吃一驚，但這條河實在太寬廣了。

到對岸的距離，大略一看應該也超過一百公尺，雖然靠魔術也可以做到飄浮或滑翔一會兒，但這段距離不是憑飄浮或滑翔就能跨越的。龍的魔術迴路在河底發光，乍看之下將河面點綴得很美。

同時，從河岸滾落的人頭尺寸石塊在完全沉沒前冒著氣泡融解，證明了周遭會瀰漫著這股臭味的理由。

「酸液河……！」

我不禁發出呻吟。

融解的速度快得可怕。既然能在石塊沉沒前融解掉，換成人體只要幾秒鐘就會連根骨頭也不剩了吧。酸河對兩岸土地的侵蝕之所以保留在一定程度，是因為和河底一樣，有亡故之龍的魔術迴路阻攔。

不，河寬如此之廣，恐怕就是融解周邊後的結果。只有任何東西都無法傷及一分一毫的龍之魔術迴路，才承受得住地底多得驚人的酸液。

富琉戳了太陽穴兩三下後開口：

「這就是第一條捷徑。這裡還算輕鬆的。」

他瞪著河說道。

「這要怎麼辦啊。」

「哎呀，等一會兒吧，我剛剛撒了香包，應該馬上就來了。」

「香包？」

清玄皺起眉頭發問，回應他的答覆不是言語，而是實體。

隨著遮蔽強勁風勢的嘈雜振翅聲，富琉招來之物出現了。

「啥啊？」

清玄的聲音會顯得困惑也是當然的。穿過迷宮黑暗的東西比起單純的怪物更令人熟悉，因此令我們大感意外。

那是每一隻看來都有一個人那麼大的巨大甲蟲群。

「好，過來啦。」

富琉用力按住大腿，咧嘴露出牙齒

「喂喂喂喂，富琉先生。難道說！」

難怪清玄會忍不住吐嘈。

老實說，雖然我也這麼想像過，卻一點都不想說出來。

「對，就是你猜想的那樣。」

富琉輕鬆地點點頭。

「我們要踩著那群甲蟲的背部過河！」

「開什麼玩笑！」

清玄的吶喊也成徒然，富琉猛踏地面。

已施加過「強化」的身體跳躍出數公尺，踩上甲蟲背部。

他一瞬間險些失去平衡，或許是憑著經驗，他立刻重新站穩，接連跳到其他甲蟲背上。那驚人的景象，看得在一旁關注的我胃都要緊緊縮成一團。

「啊，真是的！亂七八糟！」

這樣批判的露維雅也立刻跟隨在後。

在破天荒的事情上絕不落於人後的少女掂起藍色的長裙，展現宛若踩著玻璃階梯般的優雅，渡過那群教人毛骨悚然的甲蟲。

感覺就像誤入品味差勁的童話故事裡一樣。

「…………」

儘管難以置信，憑著魔術師的運動能力，看來這並非不可能實現之事。只是，雖說可以當成捷徑，這種連寄生生物都拿來利用的想法，讓我不禁雙眼圓睜。阿爾比恩的採掘者們，一直以來就是在這座迷宮中多次反覆摸索吧。

有人在我身旁尷尬地清清喉嚨。

「……不好意思，格蕾，要是我踩空的話就拜託妳了。」

「那是當然的。」

我對老師的話點點頭，自己也做好覺悟。

有人伴隨著恐懼，有人伴隨著勇氣，包含我在內的全體探索者們，都自河岸邁開步伐。

2

穿越裂縫（Portal）時，我一瞬間眼前一花。

據說這是相位偏離對精神造成了衝擊。或者，這是在靈魂追上身體前，發生的短短一剎那延遲嗎？

無論如何，離開地上的鐘塔大約數小時後，我受邀來到遙遠的地底。

但是，在這裡觸及的情報有些超乎想像範圍。

經過祕骸解剖局的檢查，穿越裂縫後，我們自高處俯望那片景色。

那裡是與裂縫直接相連的高地。稱作儀式塔更適合嗎？在某種魔術上，高處這種位置本身就會發揮效用。距離地上遙遠，接近於天空。正因為遠離世俗的概念，隔絕的神祕才燦然生輝。所以，裂縫的一端位在這樣的高地上非常自然。

不。

我想說的，不是那種事。

我似乎有些失去冷靜。

雖然聽說過此處有會微微發光的頂罩等等，此刻占領我的意識的，是從眼下的都市各處傳來的低沉隆隆聲。那聲音簡直就像沉眠的巨大怪物正在沉吟。

實際上，這個比喻雖不中亦不遠矣。

都市直接就是一個巨大的生命。

一望無際的並排建築物，就像現代建築與蟻穴的融合。上面多半施加過某些魔術上的措施。我能感受到，每一棟建築物都散發著與鐘塔的教學大樓同種類的魔力。和大學城在某種意義上是一個成立的魔術式一般，採掘都市應該也在某種魔術的範圍內吧。

（……啊，也就是說，這裡也是另一座大學城嗎？）

舉例來說，現代魔術科的斯拉也是如此。

除了紮根於倫敦的第一科，其餘十一個學科分別掌控著各自的衛星大學城。靈墓阿爾比恩的採掘都市，原來不僅是單純的橋頭堡與採掘據點，也是那一類魔術都市之一嗎？

此刻的我，獲得了只看資料看不出來的真實感。

「對了……妳是第一次來到採掘都市吧……」

拄著拐杖的老人目光銳利地望向我。

他掛在胸前的三圈項鍊搖曳著，宛若枯枝的十指上也各戴著兩枚寶石戒指，每一樣飾品肯定都是極品，卻沒顯露出半點暴發戶的樣子。只是，離寶石原有的華麗也很遙遠。

硬要形容的話，感覺就像佩戴著寶石的屍體吧。

如果老人身上沒有精氣，應該會被錯認成是大英博物館的法老木乃伊在走動，但那股帶著壓迫感的執拗氣息無從隱藏。

尤利菲斯閣下——盧弗雷烏斯・挪薩雷・尤利菲斯。

主宰降靈科，和我的兄長截然不同的正統貴族主義君主。

我輕輕點頭。

「因為根本沒有事情得過來靈墓阿爾比恩處理。話雖如此，我不是不能理解，為何有些意見認為這邊才是鐘塔原有的姿態。」

「在某種意義上……時間在這裡是靜止的……如果將魔術師當成朝向過去的向量……也怪不得會有人認為……這片地底方為正途……」

老人這麼說著邁開步伐。

儘管拄著拐杖，他走路的速度快得令人吃驚。

他走過高地內側的螺旋階梯，一下子便進入相連的另一棟建築物。

在大約有一般體育館大小的場地裡，有許多人正在作業。他們全體肯定都是魔術師。不，不只是人類，中間也夾雜著為數不少的魔偶。即使與第一科相比，那些魔偶在數量和品質兩方面看來都更勝一籌，也顯示了阿爾比恩的特殊性與繁榮吧。

最為吸引我的目光的是——

「——這就是『複合工坊』嗎？」

我忍不住說出口。

對於魔術的內情有一定認識的人，聽到這個詞彙或許會皺眉。

因為一般而言，除非有重大狀況，魔術師不會向他人透露自己工坊的詳情。當然，弟子等等另當別論，在互相學習彼此的魔術時，魔術師有時也會打開工坊入口，但不可能邀請他人進入工坊深處。因為那裡充滿了他們長期鑽研的魔術精髓。

（要是帶我的兄長進工坊，可不知道會被他揭露什麼機密呢。）

我忍不住連鎖地思考下去。

那些無比重視地守護著古老魔術之人的工坊，如果交給兄長用他表裡如一的觀察眼力徹底解體，想必會響起悅耳的哀號吧。不，對鐘塔而言，這麼做或許會意外地更有發展性，但我只對悲憤感興趣。對於自身的無能感到絕望的兄長，向世界散播同樣的苦惱這種諷刺，非常具風味又非常精彩。

於是——

那個例外——不如說是完全相反的存在，就是這間複合工坊。

「沒錯……那是複合工坊克里耶格拉……」

沙啞的話聲在我身旁響起。

名不虛傳的景象，在我們眼前展開。

操作者使用重型機具般的器具，傾倒看來比我的身高還高一倍的燒瓶。溶液在半透明的燒瓶內冒泡沸騰，滿滿一卡車的液體這次乘著軌道往下流。前面是好幾台蒸餾機，各以不同的方法在溶液中加入觸媒，引發反應。

設備的數量不只一兩台。

這種巨大的設備，光是可見範圍內就有十幾台排開。

宛如怪物沉吟的低響，真面目就是這個。

不久之後，經過了連身為魔術師的我也不明白正在發生什麼變化的複雜怪異工程，一開始滿滿一卡車的溶液化為小指指尖尺寸的金塊。

這一幕明明只像在白費力氣，我卻不禁覺得很感動。

（……這正是……）

我心想──

這正是魔術。

雖然等價交換是魔術的原則，像這樣耗盡資源同樣也是魔術的真理。一不是交換為一，而是無限地稀釋為無。因為魔術師們相信……奇蹟的碎片將會出現在那無盡的稀釋前方。

也希望大家理解，為何我會想要大家把魔術師當成一群無藥可救的笨蛋一笑置之。

「這是以凝靈礦為原料的煉金術嗎？」

「只有在阿爾比恩才能採掘到純度如此高的凝靈礦……話雖如此，放在以前……應該會剩下拳頭大小的金塊……」

「所以，特蘭貝利奧閣下——麥格達納氏才會提出提案嗎？」

靈墓阿爾比恩的再開發計畫。

鐘塔民主主義派之首會這樣提議，也有當然的理由。即使沒嚴重到每年下降的程度，阿爾比恩的資源採掘量一看就知道正在減少。儘管魔術師在現在無論如何都是瀕危物種，要是來自阿爾比恩的供給就這樣斷絕，我們不知會陷入多糟糕的困境。

說歸這麼說，是否贊成這個計畫另當別論。

回報的確很豐厚。不過，開發需要投入的成本會如何？就連阿爾比恩現有的採掘規模，都明顯地需要耗費巨大的成本。如果為再開發計畫豁出一切結果失敗了，豈止陷入困境，魔術師東山再起的指望將會徹底消失吧。

總之，這是選哪一方都不妥的雙束選擇（Double-bind）。想到魔術師這種生物還真是無力啊，我忍不住高興起來。

「……那麼，第一次看見複合工坊有什麼感想呢……艾梅洛的公主……」

「不用這樣恭維我。我覺得非常壯觀，看得很感動。嗯，原來在特定條件下，我等魔術師也可以像這樣互助合作啊。」

「能夠挖苦魔術師的生態……看來妳很開心吶……」

「不是這樣的。」

「但是說實話，我放心了……如果是這樣的話，應該會發揮震攝力。」

盧弗雷烏斯輕撫拐杖說道。

他混濁的眼眸，映出仍然在持續驅動的複合工坊設備。

「在阿爾比恩，每個人都在拚命求生存。再加上，在此處的所有人都知曉魔術之理，也不會牴觸隱匿的第一原則。因此，這種複合工坊也有可能成立。」

正是如此。

魔術師的自尊心與祕密，在這片地底不是被優先考慮的事情。必須隱匿魔術的要素，在這裡並不適用。正因為如此，許多魔術師集思廣益，並毫不吝惜地投入剛採掘到的咒體。

若是地上的魔術師看到，有些人大概會感到作嘔，有些人則會嫉妒得活活氣死吧。

此處是最古老的據點與橋頭堡。

因為這裡是魔術師的最前線，靈墓阿爾比恩的——採掘都市。

「然後呢，您總不會是帶我來觀光的吧。」

「當然了……這趟的來意在那邊……」

老人抬起下巴一比。

在他示意方向的延長線上，巨大設備的縫隙之間，佇立著熟悉的人影。

是比我們早一步穿越同一道裂縫，還是使用了另一道裂縫呢？

一名少女焦躁地環抱雙臂瞪了過來。罕見的是，少女的年紀比我還小。

「你們動作真慢！」

她噘起嘴唇埋怨。

一頭銀髮與琥珀色的眼眸。

與十一、十二歲的年齡不相稱的陰影，落在那張稚氣猶存的側臉上，證明她已深深踏入魔術師的世界。作為人類的不幸之色越濃厚，作為魔術師的色彩就會越鮮明。

那也理所當然——我心想。

我最頻繁地被捲入謀略當中，恐懼著一再發生的暗殺未遂時，年齡比這名少女更小。越是弱小，企圖趁虛而入的敵人就會越多，此乃鐘塔的慣例。相反的，擊退越多這類人，作為魔術師的精神性便越趨近完成——就會不禁完成。

我能夠無可救藥地切實感受到，她在走到此處之前身心受過的創傷與流過的鮮血。

「嗨，奧嘉瑪麗。」

奧嘉瑪麗．艾斯米雷特．艾寧姆斯菲亞。

統治天體科的君主之女。

亦即前來參加冠位決議的另一位君主代理人。

只是，唯獨這次的人選組合很滑稽，讓我忍不住笑了出來。

「沒想到兩位貴族主義君主的代理人，都是尚未成年的少女呢。雖然會對年邁的您造成負擔。」

哎呀，這可不行。

我連面對長輩（盧弗雷烏斯）時都不由得帶上了壞心眼。當然，我並非希望這名老人對我抱著好感，不過在這裡惹他厭惡實在是一著壞棋。

「無須在意……」

盧弗雷烏斯從一口黃牙之間發出氣息，微微揚起嘴角。

「妳們……只要別多嘴，坐在位子上就行了……」

當然，那句話絕非基於好意而發。那位尤利菲斯閣下不可能毫無意義地說出像個和藹老爺爺會說的話來。

只要票數夠，只靠我一人也能取勝。

老人的意思便是如此。這番話是出自鐘塔數一數二的名門尤利菲斯家的驕傲嗎？

我感到某種冰冷的事物滑過喉嚨，就像鋒利的小刀刀鋒正抵住了我。就因為這樣，鐘塔的高層才難以對付。如果因為做出一些實績便得意忘形，下一瞬間我的腦袋就會落地。

「話雖如此……沒想到君主會用身體不適這種理由逃避出席……」

哎呀，矛頭居然立刻指向兄長了。

「沒有的事，他應該是想將機會讓給我。既然我遲早將成為艾梅洛閣下，趁現在累積經驗也很重要呀。」

「哼……」

雖然我姑且擁護了兄長，要說他相信我的說詞幾分，答案大概是零吧。暫且不提知不知道兄長正在攻略阿爾比恩途中這件事，老人應該識破了他正在暗中進行某些操作。

即使看出來了，老人也沒有過度對我加以牽制。

實際上，他應該認為我起碼比兄長好一點吧。

與作為魔術師僅僅只是新世代的兄長相比，就算是分家的旁支，我無疑具有艾梅洛的血統。在認為血統正是魔術師本質的盧弗雷烏斯老先生眼中，我勉強可列入人類的範疇，但兄長大概就是不堪入目的蛆蟲吧。

（不過，我也不是不明白那種心情啦。）

當著兄長的面，我會盡可能克制自己，然而我也牢固地具備了作為魔術師的道德與倫理觀念。

打從一開始，他人的苦惱正是我的愉悅……啊，我知道。我的性格扭曲至極。當格蕾和艾梅洛教室的成員們都像這樣不在場時，我就會顯露本性，還請見諒。就算表面上可以掩飾，人類的內在是無法輕易改變的。

老人轉動視線。

「艾寧姆斯菲亞小姐……妳隨我來吧。」

喔喔，稱呼她小姐啊。

這代表作為正當的艾寧姆斯菲亞家繼承者，她具有那個價值吧。受到如此明確的差別待遇，反倒讓人無從發火。唔，我是在繼承人之爭中碰巧混進來的低微旁支，真抱歉喔。

「我知道了。」

奧嘉瑪麗點點頭。

老人順帶用拐杖抵了地板一下，然後對我開口：

「萊涅絲。」

是是是，對我就直呼名字是吧。反正我早料到會是這樣。

「前往古老心臟的通道在半天後即將開啟。妳就盡量休息，以免在舉行冠位決議途中昏倒。」

「承蒙關懷，愧不敢當。難得有機會，我想多參觀一下採掘都市。」

我盡量用最鄭重的態度行禮，準備先行離開。

因為時間不多，我想至少在可能範圍內盡力收集情報。雖然剛來到阿爾比恩的人所能做的事情應該有限，不過想趁著能掙扎的時候掙扎一番乃是人性。

「那麼，在古老心臟見。」

奧嘉瑪麗點頭致意。

我穿越她身旁時，一股淡淡的香水味竄入鼻頭。在十年之後，她想必會成長為一位美女，吸引眾多男性吧。我一心祈禱，希望到時候她的人生至少會出現像樣的選項。

我走出複合工坊，為耀眼的光芒瞇起眼眸，大約在相隔數十公尺外停下腳步。

然後——

「……這種手法也很有女校風格耶。」

我小聲呢喃。

話雖如此，既然用魔術的手法不知會被什麼人以什麼方式感應到，採用這種手法比較安全也是真的。

我緩緩地鬆開手，掌心被塞了一張皺成一團的便條。

我謹慎地打開紙團，看到便條一角有著奧嘉瑪麗的簽名。

3

——世界曾是灰色(Gray)的。

許多林立的石碑環繞著我。

雖然經過勤快的打掃，那些幾經風霜的石碑給予的印象已經更近乎於空洞。只要一陣風吹過，那些亡者的名字彷彿就會灰飛煙滅。

啊啊，我知道。這是夢境。

是布拉克摩爾的墓地。

面對這片景色，我無論如何都會一個乾啞的嗓音。

——「妳應當毀滅的是那個。是那個。是那個。只有那個。」

前輩曾許多次告訴過我這句話。

貝爾薩克・布拉克摩爾。

向我的身心傳授過許多守墓人祕法的人。

如今想想，他似乎也有意盡量培養我的「力量」，好讓被選為亞瑟王容器的我，能夠有機會選擇除此之外的人生道路。雖然那個笨拙的人，絕不會把這種話說出口。

「我……」

我搖搖晃晃地在周邊走動。

從瀰漫霧氣的自己的墓地望去，看不見外頭原有的景色。

明明是懷念的故鄉，我卻覺得彷彿永遠無法離開此處。或者是，只要一直不離開此處，就能在不碰上致命災厄的情況下結束生涯。

「喂喂，現在可不是思考那種蠢念頭的時候。妳現在應該在趕時間吧，不要只顧著心中的包袱拖拖拉拉地睡懶覺，快給我醒醒啊。」

諷刺的話語傳入耳中。

「……亞德。」

不，不對。

朦朧的人影在我身旁站了起來。

從這個距離明明不可能看不見對方的模樣，我卻只能認知到一個人影。不過，我的確記得那道嗓音與身影。

明明是騎士，卻一點也不適合那個稱呼的人。

應該已在故鄉的事件中為保護我們而消逝的過去殘像。

據說是亞德基礎人格原型的圓桌騎士。

「……難道，是凱爵士……？」

「待在接近妖精的地方可不好，會引發不可能發生的錯頻。特別夢中是最糟糕的。畢竟，夢境是那個宮廷魔術師（梅林）的領域。」

儘管看不見臉龐，我覺得他咧起了嘴角。

看到原以為再也不會重逢的對象出現，讓我心亂如麻。我就像一艘突然被拋進暴風雨中的遇難船隻，任何思緒都無法好好化為言語。

「那……那個……」

不過，人影就像不知道這份感慨般繼續道：

「因為時間與空間在這裡似乎都很模糊……妳會被拉進來——啊，是因為『那傢伙』接近了這邊嗎？會挑選這裡當夢境的舞臺，也是必然的吧。」

「那傢伙……？」

當我開口反問，人影搖搖頭。

「就因為這樣，有妹妹才不好。」

凱爵士的妹妹。

我當然只想得到一個人。作為我身體原典的偉大國王。不過，他說她接近了，這是怎麼回事？

總覺得墓地在搖晃。

夢境即將散去。

我總覺得，那也是對人影剛剛的話所做的反應。

「好了，回去的方向是這邊，此處不是在世時應該迷失的地方。」

人影的手指倏然一動。

在他指出方向的延長線上，霧氣的另一頭出現了光輝。

「那……是……」

光輝吞沒意識。

形似星辰的光芒不斷更增壓力。

我在這裡已經沒辦法站穩腳步。意識開始分解，當我承受不了地抱住雙肩，騎士人影低語道：

「妳至少要做好覺悟。了結的時候就快到了，但那個命運對妳而言或許很嚴酷。」

隨著那句忠告，我的意識自夢中浮升。

＊

「格蕾、格蕾——？」

擔心我的呼喚聲，與搭在肩頭的手。

隔著皮革手套傳來的力道極其溫柔，宛如在觸摸易碎物品。對了，老師在抵達阿爾比恩前換過手套。雪茄與皮革味交織的氣味，緩緩地晃動我的意識。

龍的魔術迴路在天花板上發出蒼白的光芒。我模糊地回想起來，富琉提議大家停下來露營。這應該只是短短二十分鐘的休息，但或許是疲勞的影響，我似乎睡得很熟。

「老師……」

我喃喃呼喊，同時意識終於跟上現狀。

沾了汗水的髮絲貼在額頭上。我剛才的睡臉一定很難看吧。光是想想我就猛然害羞起來，感到臉頰在發燙。

「非、非常抱歉，我……夢到了……不可思議的夢。」

「夢？」

「沒、沒什麼。」

夢見了凱爵士這種事，我實在說不出口。我迅速擦去從脖子到下巴附近的汗水並輕輕垂下頭，老師露出柔和的微笑。
「不，我總是害得妳勉強自己。亞德，真的沒事嗎？」
「咿嘻嘻嘻！愛操心的老師！嗯，格蕾的身體狀況就包在我身上吧。」
放在我身旁的鳥籠內，匣子的表情變來變去。雖然有點不滿意他的說法，但我不可能問亞德是不是也作了同樣的夢。
老師代替我發問：
「那句『沒事嗎？』也是在問你啊，亞德。」
「……嗯，我沒事。」
亞德難得地沒有插科打諢，閉起雕琢於匣上的一隻眼睛回答。
雖然彼此沒有說出來，這段交談的意思十分清楚。
先鋒之槍不能再用了。
在故鄉的事件中，那位阿特拉斯院的院長曾說過，由於在魔眼蒐集列車的戰鬥中解放過十三封印，作為封印禮裝的亞德已經瀕臨毀損。雖然藉由自動修復功能勉強從休眠狀態甦醒，但無法承受下一次的解放。
我明明沒把這番話告訴老師和亞德，他們雙方卻都心知肚明。我究竟有多不懂得藏事情啊。
所以，唯有這件事我一定要說出來。

「就算如此，老師你也非做不可對吧？」

「唔。」

老師微微皺起眉頭。

「就算得讓我稍微勉強自己，得對其他人提出有點離譜的請求，老師應該也非去不可。因為，伊肯達先生是老師的……」

後面的話我說不出口。

將要被神靈化的王者與老師之間的關係，一定屬於其他任何人都不可以輕易命名的那一類。所以，只要悄悄地藏在胸中就行了。只要能讓我注視這個人的去向，那就夠了。

老師輕聲嘆息，尷尬地撥弄髮絲。

「這次我老是被妳教訓呢。」

「老師平常都是這樣教訓我的。」

因為覺得好笑，我也笑了一下。

然後……

「不過，老師的臉色也……」

「不，這才是沒什麼大不了的。」

他帶著淡淡笑容的側臉顯得蒼白，不可能只是因為受到龍的魔術迴路映照而已。

然而，我無法用這個理由制止他。既然已經進入迷宮走了那麼遠，不管再怎麼把損傷壓抑到最低也有個限度。就算避開直接交戰與陷阱，濃密的魔力也會在體內撕扯。會從在我們當中魔術迴路抵抗力最低的老師身上開始出現影響，也是當然的。

接著，富琉過來問他：

「艾梅洛II世，你實際上還有多少行動力？」

「……老實說，我呼吸開始感到吃力了。不過活動上不成問題。」

「給你。」

富琉拋來一個藥包。

「這類似於魔力造成的高山症。如果魔術迴路強韌就不會發作，但我事先想過，你應該需要服藥。」

「……謝謝。」

老師帶著感謝與苦惱融為一體的臉色服下煎藥，表情變得更苦澀三倍。

接著，富琉收起營地的魔術禮裝。

那是由魔術禮裝與驅獸香包組成的結界。雖然據說還是對一部分怪物不管用，看來我們的運氣沒那麼差。

我們已經進入迷宮將近半天，第二次的休息結束了。

我們運用數條富琉指示的捷徑，大魔術迴路在每個匯合點都展現出令人吃驚的變化。

我們見證了鬱鬱蒼蒼的茂密叢林、刮著大風雪的冰原、流著熔岩的大地與閃電從「橫向」

掠過的山丘。儘管如此，依照富琉的說法，似乎是「你們見到的連阿爾比恩百分之一都不到」。

我們得以避開大規模的戰鬥，無疑是葛拉夫的地圖搭配露維雅和清玄進行偵察的功勞。因為先前屬於犯人那一方，清玄在剝離城阿德拉並未發揮身手，但作為修驗者在幾座山岳上修行過的他，對於野獸的呼吸與環境的變化極其敏感，事先迴避了大多數的遇敵狀況。

據說我們目前所在的階層，相當於……第二十七層。

雖然這麼說，我們並非一層一層地往下推進。走進富琉打開的隱藏入口，我們最初踏入之處好像就是第四層。

「大魔術迴路直到第十層為止幾乎都被採掘殆盡，現在主要的採掘地點是從第三十層左右開始。到了第六十層附近，是有本事的隊伍不惜冒著風險也要發掘更珍貴咒體的指標線……我們這次的目的地，人稱古老心臟的區域，則是從第一百五十層開始。」

「這樣子……完全趕不上。」

富琉聽到我脫口而出的感想並未發怒，悠然地點點頭。

「那是當然的。要在第一百層附近採掘時，好幾支老練的隊伍會進一步集結起來，互助合作展開長期挑戰。有時候甚至會在阿爾比恩內部建立中繼點，形成存在一個月到一年左右的『城鎮』。就算用上祕技與捷徑，半天能夠走到的路程也就那麼遠。」

靈墓阿爾比恩原本的採掘模式。

在迷宮途中建造臨時城鎮本來完全超乎我的想像，不過如今潛入迷宮的一部分後，我開始覺得這種事情或許有可能會發生……在此處經歷的體驗，便是如此濃厚。

「……所以，要在剩下半天內抵達古老心臟，必須採用截然不同的路徑。正因為打從一開始就不考慮採掘資源，才能選擇的道路。」

伴隨那句話，我們自營地出發。

於是——

在距離約有三十分鐘路程之處，富琉摺起攤開的地圖。

我們此刻面對的「空白」的規模，讓所有人都不得不張口結舌好一會兒。

「快到第三十層的區域，意外地尚未被徹底探索過。如果希望發現高於一定水準的咒體，那直接越過三十層更好；如果是能力還不足的新人(Newbie)，一直反覆地探索淺層會好得多。」

我連富琉的話也聽不太到。

聲音僅僅在迷宮中隆隆地鳴響著。

不久後，清玄勉強地開口：

「……這就是葛拉夫先生說的地方？」

「老頭叫這裡虛無之穴(Null Pit)。」

我們佇立在一個無比寬廣的大洞邊緣。

那個吞沒視野的圓，已經相當於實體化的黑暗。

我丟下小石子後，等上幾分鐘也沒有碰撞聲傳來。當然，我的聽覺經過「強化」，這代表洞穴的深度是這種程度的聽覺無法跟上的吧。

「……如果符合概估情況，古老心臟位於採掘都市下方數十公里深的地底。假設能套用在現實數值上，距離足以到達地函。聽不見石頭的碰撞聲也是理所當然的吧。」

「我記得阿爾比恩並不位於現實中的座標上，對嗎？」

當我這麼問，老師點點頭。

「單以現實的道理來說，我們應該早就缺氧了。即使魔術能扭曲物理法則，憑空創造事物並非易事。我們現在之所以安然無恙，是因為這座迷宮位於現實與『另一側』的縫隙之間……但是，這種性質對我們也有負面影響。」

老師瞪視著大洞，轉向身旁。

「虛無之穴──這名字取得真好。假設這個洞穴真的連結到古老心臟，『距離只有區區幾十公里而已』嗎？」

「這沒有保證。畢竟沒有人進入洞穴之後又回來的。只是，我的老師如你看到的一樣，是個占卜師。聽說他發現這個洞穴時，曾感應到龍的心臟的流動。要賭一把的話，我覺得這個選擇還不壞。」

「不不不！問題不在於這裡吧！」

清玄來回注視著兩人，狠狠地吐嘈。

「身為魔術師，總是應付得了高樓大廈或尋常的高度。可是，有數十公里深是怎麼回事！基本上，這個洞穴很不對勁吧！光是從這裡觀察，也看得出大源處處分布不均。根據地點而定，行使的魔術可是會徹底散亂開來，整個人重重撞上地面就此完蛋的！你打算怎麼辦！」

以前，在我們進入腑海林之子(Einnashe)——那是一種死徒，阻攔過魔眼蒐集列車的移動森林之際，也發生過類似的狀況。要是沒有梅爾文用調律將精氣活性化，我或許會連「強化」都無法使用，命喪那片森林。

不過，這個情況遠比當時更加嚴重。

「當然，要是綁著繩索下降，不管繩子有多長都不夠。我們用滑翔禮裝下去。這玩意兒只需要少量的精氣就會發揮作用。」

富琉拿出像是由幾塊布摺疊成的禮裝。

那是小型的滑翔翼……不，這種結構更接近鳥類的翅膀嗎？

「這是伊卡洛斯的禮裝吧。你可真是拿出了稀奇的東西。」

露維雅這麼評價。

「沒錯。雖然和飛行差得很遠，但可以用來在這個大洞裡一路滑翔吧？」

「因為我們又不是要接近太陽呀。」

露維雅的語氣有些無言，但看來我們至少不是完全束手無策。雖然如果要問我能不能放心，那是一點也不能就是了。

清玄大幅搖搖頭，嘆了口氣。

「真是豪賭……」

「不，只有賭一把才有可能成功。畢竟古老心臟在鐘塔目前到達的區域中位於最下層。底下的更深處是妖精域，那是人類至今都無法觸及的領域吧。」

聽到老師這番話，我回想起史賓畫過的靈墓阿爾比恩簡圖。

各區域依序為採掘都市、大魔術迴路、古老心臟、妖精域。寫在最下面的妖精域並不代表阿爾比恩的盡頭，而是代表更下方是人類至今仍未涉足的領域吧。

我吞了口口水。

富琉把禮裝分發給大家，同時繼續說明：

「從這裡開始是未知數。就算這個洞穴直接連結到古老心臟，也不代表路途就此結束。此行的目的是追上應該在同一個領域內的哈特雷斯吧？可能的話，我想在山崖找個地方休息一會兒。」

「在穿越這個洞穴的途中露營？真是沒什麼吸引力。」

老師露出苦笑，穿戴禮裝。

我也有樣學樣地戴上禮裝。基本上，好像只要驅動魔術迴路就可以啟動了。
「可以的話，我想在跳下去之前先做個練習。」
老師摸摸戴上禮裝的肩頭說道。
然而，這次清玄抬手貼在耳邊，低聲說道。
「不，最好早點出發。俺本來想著為何會冒出這樣的洞穴，現在可以理解了。」
「怎麼了？」
富琉皺起眉頭，露維雅立刻挑起一邊眉毛。
漂浮在她周圍的寶石，其中一顆淡淡地反覆閃爍著。
在我們背後約數十公尺外的地面突然大幅隆起，露出躲藏在內之物的真面目。
「……蚯蚓？」
從這個詞彙，實在無法想像到那隻怪物的體型。
那個影子巨大得足以和魔眼蒐集列車相比。宛如暴風雨般大幅起伏身軀，宛如烏雲般俯瞰我們的怪物，數量「並非只有一隻」。
「動作快！」
隨著富琉的指示，我們全員縱身躍入虛無之穴。
但是，彷彿在說不能放過闖進地盤的入侵者，巨大蚯蚓群正從後方逼近。牠們在懸崖上扭動軀體，以猛烈之勢追逐過來。

「為什麼追得上來！我們幾乎算是自由落體了！」

「應該是行動不像外表看起來一樣遲鈍吧！在阿爾比恩（這裡）很常見！」

「啊啊，真是的！」

翅膀在露維雅的背上展開。

伊卡洛斯的禮裝。

迅速掌握禮裝功能的少女，宛若地底的天使般轉過身，手指強而有力地一比。

「Call（覺醒吧）！」

詛咒的咒彈，隨著一小節的咒語劃破黑暗。

*

在採掘都市中，也存在著餐飲設施。

這裡大多的文化似乎都是從地上的倫敦輸入的。話雖如此，考慮到倫敦本來就是世上少見的多國籍都市，這應該是當然的結果吧。這代表有各種地區的魔術師與魔術使來到這座採掘都市，而倫敦的姿態很適合作為他們的集合體。

話雖如此，寫在便條上的那家咖啡廳充滿破敗感。

應該說具有西部片的氣息嗎？

寥寥無幾的客人，分開坐在看來不怎麼注重清潔的木桌旁。潦草地寫著菜單的黑板似乎也有一陣子沒更換過內容，蒙著一層灰塵。

一個戴著兜帽的少女身影意外地融入這個環境。

順便一提，大多數市民都戴著兜帽，好像是為了避免因為阿爾比恩頻繁的天氣變化而吸入沙子。依情況而定，吸入摻雜在沙子中的孢子還可能導致肺部長出寄生植物，真是令人雀躍的場面啊，我佩服地想著。

「——這是怎麼回事呢，奧嘉瑪麗？」

「妳來啦，萊涅絲。我還以為妳不會理會呢。」

天體科（艾寧姆斯菲亞）的少女面露微笑。

她自兜帽下露出的銀髮，在昏暗的燈光下顯得朦朧，使人想到現在正是花苞綻放的時刻。別說十年，不到五年之內，周遭的男人就會無法放下她不管了吧。不過，那是指魔術師有那種正常神經的話。

我刻意閉起一邊眼睛聳聳肩。

「畢竟，我上次收到那種便條，還是在上一代當家亡故，被當作艾梅洛繼承人之前的往事了。我怎麼能無視這種很有女校風格的信呢？」

「女校是那樣的嗎？」

奧嘉瑪麗不解地歪歪頭。

「因為我沒有去學校上過學。我一直都只在艾寧姆斯菲亞本家，接受父親大人安排的家庭教師教導。」

「他們應該都是很優秀的家庭教師吧。」

「……是啊。特別是特麗莎，優秀到當我的老師太浪費了。」

哎呀，奧嘉瑪麗垂下眼眸的側臉，看得我心頭一顫。

我記得那是在魔眼蒐集列車一案中遇害的奧嘉瑪麗侍從的名字。直到現在也像這樣出現在話題中，代表她的存在對於奧嘉瑪麗來說十分重要吧。

她立刻揮開憂鬱，一雙琥珀色的眼眸看向我。

「我有事情想問妳。」

她悄悄地向我透露。

「我就單刀直入地問了。艾梅洛反對阿爾比恩的再開發計畫嗎？」

「哎呀，這問題還真突然。」

當我戲謔地舉起一隻手。她的眼神變得越來越嚴厲，因此我故作不知地把手放回原位。唔，看來這不是可以開玩笑的狀況。

「因為對妳而言，這不是發跡的好機會嗎？」

奧嘉瑪麗的問題確實直指核心。

雖然我沒料到，會有人在這種地方而非冠位決議上提起這個話題。我一瞬間擔心被周圍的人聽見，但誰也沒有注意這邊……她似乎先行張設了極小規模的結界。

我故意停頓幾秒鐘後開口：

「在發跡前被消滅就沒有意義了。像我們這種弱小派閥，一旦違逆同屬貴族主義的上級，一瞬間就會身首異處。」

「不過，阿爾比恩的再開發本身，不是貴族主義和民主主義的命題吧。」

好犀利的指摘。

由於民主主義首位的特蘭貝利奧提出其目的為阿爾比恩的再開發，使這次的冠位決議形成這種走向。

不過，這與貴族主義派和民主主義派本身的目標是兩回事。

順便一提，奧嘉瑪麗還這樣補充道。

「巴露忒梅蘿特意送來上一代當家的來信，表示應當阻止阿爾比恩再開發計畫。」

「信件由上一代當家發出，這意思是說……」

「沒錯。這代表就算無視那封信，也可以主張不算違背了現任巴露忒梅蘿的意思吧。」

哇，這女孩的想法真可怕！

當然，信件由上一代當家發出，代表著巴露忒梅蘿也考慮過有人抗命的可能性。在這樣的安排下，萬一出現違抗巴露忒梅蘿的人，也不會因此威信掃地。

琥珀色的眼眸中蘊含堅強的意志，她這麼宣言。

「既然如此，只要在冠位決議上宣言，這不是貴族主義和民主主義的問題就行了。天體科（艾寧姆斯菲亞）的地位並不比降靈科（尤利菲斯）遜色。要是比拚得票數，我們兩人就能推翻這次冠位決議的結果。」

我停下來思考要如何回應。

當作是休息片刻。奧嘉瑪麗向旁邊望去，或許是密談用的結界剛好失去效力，服務生端來我們點的餐點。

我沒什麼食慾地咬著乾巴巴的三明治。嗯，大概是為了掩蓋腥味吧，這片肉上灑了太多調味料。不如說，連我也吃不出來這是什麼肉，有點令人興奮啊！

無論如何，我嚥下三明治後再度拋出話題。

「……原來如此，妳成長了好多。」

「我想聽到妳說，這是以某人當榜樣學來的。」

她噘嘴的反應，實在很可愛。

話雖如此，直白到這種程度本來算是壞習慣。明明不清楚對方是何態度，也沒掌握對方的弱點就傾吐心聲，世上哪有這種笨蛋？不過，要是連這些感想都毫不隱瞞地講出來，總覺得以後會被她暗算，我就默不作聲吧。

「……什麼呀。妳想說我不夠格和妳搭檔嗎？」

她鬧脾氣似的口吻，讓我忍不住發出苦笑。

「不，我只是聽到妳說以人當榜樣學習，回想起從前的經歷了。我家的管家不像妳家的家庭教師，實在是個無賴。」

哎呀，不過那個缺德管家在很久以前就跑了。總有一天，我想讓他負起把我變成這種性格的責任。

（……不過……）

不過，這正是巴露忒梅蘿憂慮之事吧。

貴族主義很強大，內部卻絕非團結一致。倒不如說，由於每個派閥各有各的尊嚴與理念，在瓦解時將會輕易瓦解。一旦發生這種狀況，法政科和巴露忒梅蘿作為王者的招牌會「太過強力」。

過於強烈的尊嚴一旦掃地，就難以重振。

正因為充分了解這一點，作為貴族主義之首的巴露忒梅蘿才會行動遲緩吧。別說十年或二十年，那是會毫不在意地跨越數個世代布局的巴露忒梅蘿特有的感覺。

（……話雖如此，艾梅洛(我們)也沒有穩固到足以利用這個機會。）

應該說，艾梅洛派的現狀正是尊嚴一落千丈後的結果，教人笑不出來。失去上一代艾梅洛閣下的反作用力至今依然深深地侵蝕著我的派閥，復甦的指望十分遙遠。

思考到此處，我再度發出嘆息。

「我無法當場給予答覆。不過，我會好好地把妳的話記在心中。」

「那就行了。」

奧嘉瑪麗也悠然地點點頭。

在丟出炸彈後，表情還那麼神清氣爽。

原來如此，她的確也具備擔任下一任君主的器量。明明不用在這種地方向我展現那份素養啊。

我只喝掉餐點中來歷不明的茶後，起身離席。

——好了，真傷腦筋。

問題在於，我到現在都無法確定妳並非哈特雷斯博士的共犯啊，奧嘉瑪麗？

我走出咖啡廳，對頂罩發出的光芒瞇起眼睛。

時限還剩半天。

不，有沒有半天可用都很難說。

再加上我已經來到採掘都市，能使出的小技倆也有限度。接下來頂多就是祈禱著兄長平安抵達古老心臟，度過剩餘的時間吧。

「我在採掘都市可沒有收集情報的管道啊。」

我帶著疲憊呢喃。

就在這個時候——

「妳是萊涅絲・艾梅洛・亞奇索特沒錯吧。」

有人從背後呼喚。

直到剎那前應該都不存在的氣息出現了。

（糟糕——！）

如果這是暗殺，這一刻我必死無疑。

我甚至沒時間呼喚在不遠處待命的托利姆瑪鎢，完全猝不及防。很久沒像這樣做好死亡的覺悟了。要是照費拉特的提議，請他擔任護衛就好了，沒想到這種無聊的念頭會是我最後的想法——

「放心吧。我不是敵人。」

一道沙啞的聲音傳入耳中。

對方似乎察覺了我的提防。

剛剛消除氣息的手法也好、判讀他人想法的技巧也好，明顯都十分老練，無疑是這方面的老手。非常遺憾的是，我也很習慣接觸這類人物了。

我在對方的引導下走進小巷。

我在那裡吞了吞口水，緩緩地轉過頭。

「……你是？」

「我叫葛拉夫。一個連魔術使都算不上的糟老頭。」

矮小的老人臉上的皺紋皺成一團，露出笑容。

4

急速下降。

重力在這片不可思議的地下空間也發揮作用，我們正以駭人聽聞的速度向下墜落。

然而，我們與在背後追趕的巨大蚯蚓群之間的距離卻始終不變。露維雅射出的咒彈與富琉的小刀都沒打中牠們，逐漸逼近。

「甩不開啊——！」

我連背上的伊卡洛斯禮裝都尚未完全適應。雖然勉強灌注了魔力，這種狀態僅僅是在墜落。包含老師在內，其他魔術師都已轉移至滑翔狀態，我卻在空中掙扎。

追趕過來的巨大蚯蚓共有三隻。

牠們群聚起來形成的壓力，幾乎等於具有實體的暴風雨。那可怕的速度不用多說，簡直像是正在移動的小山。

但下一瞬間，我們為了另一個理由驚愕不已。

追逐我們的蚯蚓頭部張開了某個東西。

蚯蚓理應不可能擁有的神祕結晶。

（——眼睛？）

不，那並非尋常的眼睛。

在那隻眼睛睜開的剎那，我察覺魔力在波動。那是我至今近距離感受過好幾次的神祕。

那股魔力的波動，讓我以為心臟就要停止跳動。

「怎麼……可能！」

「居然是持有魔眼的怪物！」

伴隨老師的吶喊，我們正在下降的身軀霎時間動彈不得。

那就是靈墓阿爾比恩特有的異形嗎？我甚至無法想像，原本應該沒有眼球的蚯蚓，是如何獲得那種性狀的。

魔眼在位階上是很低階的「暗示」。不過，用來對付萬萬沒料到蚯蚓會行使魔術的我們很夠用了。所有人都保持猝不及防的姿勢停止了滑翔。

不，只有一個人例外。

「在這兒呢！」

清玄拍打著禮裝的翅膀掉頭，手伸展出去。

那不是比喻，他的手臂足足延長了數公尺。葛拉夫給予他的精靈根手臂轉換形體，宛如鉤爪般刺向最先追上來的蚯蚓頭部。

「啊，儘管噁心，這隻手還真方便！」

話聲方落，清玄用另一隻手推開眼罩。

魔力瞬間凝聚的結果，讓我再度感到驚愕。

那些張開魔眼的蚯蚓自眼眸冒出火焰，軀體大幅後仰。

「──格蕾小姐！」

「──！」

那聲呼喚，讓我總算成功地活動起禮裝的翅膀。

我驅動魔力迴路，盡可能注入最多的魔力，翻轉軌道。

「亞德！」

「來了！」

我隨著呼喊聲展開死神鐮刀（Grim Reaper）。

利刃伴隨加速度銀光一閃。以蚯蚓巨大的體型來看，這種程度的傷口終究不可能成為致命傷，卻足以讓負傷的蚯蚓畏縮。

我直接從墜落轉移為滑翔。

在與蚯蚓群拉開距離後，或許是暗示的魔力耗盡。其他魔術師也於不久後恢復行動能力。

「清玄，剛剛的是……」

聽到老師呻吟，清玄帶著一絲得意揚起嘴唇。

用眼罩再度遮住露出的眼眸後——

「你以為俺是從哪裡搭車過來的。」

他回答道：

「在魔眼蒐集列車與你們會合時，俺動了手術移植『炎燒』魔眼。哼，雖然在魔術世界吃不開，只談金錢的話，阿什伯恩家倒是有筆積蓄。」

「……遺產嗎？」

老師輕聲低語。

我也不禁再度回憶起當時的事情——發生在剝離城阿德拉的案件。

「對了，阿德拉那起案件，本來也是用這套說詞向外宣揚。」

「捕獲我的天使者，即為遺產繼承人——是這樣說的吧。」

清玄顯得很懷念地說道。

那筆遺產繼承事務的主持者，是法政科的化野菱理。

原來如此，法政科在阿什伯恩的遺產方面做了正確的處置吧。

雖然與當時的遺囑內容有些分歧，法政科似乎認為其子革律翁·阿什伯恩——時任次郎坊清玄有繼承遺產的資格。

（……捕獲我的天使者，即為遺產繼承人。）

阿德拉那起案件中的遺囑上這麼寫著。

被問起天使之名時，說出答案的人是老師。

那麼，清玄是捕獲了天使，還是被天使所捕獲了呢？

如同要劃破沒有重點的聯想，老師碰觸肩膀的禮裝。

「我們下去吧！」

伊卡洛斯的禮裝拍打翅膀。

隨著老師的呼喊，我們五人潛入地底更深邃的黑暗。

潛入延續至古老心臟的無底黑暗中——

1

——魔力滾滾地被汲取上來。

就連在靈墓阿爾比恩，那股魔力也很異常。

分量自然不用多說，品質也與其他區域截然不同。

那是在現代最接近真以太的魔力——某些人或許會這樣說。而某些人或許會說，那與過去的真以太、現代的以太都截然不同。

不知道哪種說法才是事實。

但是，這個地方的稱呼，烙印在所有與阿爾比恩相關之人的腦海中。

古老心臟。

蒼白的光芒，在那裡以螺旋狀盤旋著。

這是已脫離大魔術迴路，踏入新部位的證明。

以單純的規模來看，這裡遠比由一百多個階層堆疊而成的大魔術迴路要小得多。不過，透過方才的魔力也可以發現，這裡似乎凝聚著同等的神祕濃度。

場景為大廳。

應該在久遠以前便已停止的龍之心臟，於此彷彿仍在跳動。宛如在主張整個大廳只不過是它的一顆細胞，心臟彷彿正在抽動。

於是——

「……好了，這麼一來我的布置就結束了。」

男子開口說道。

他的口吻打從心底透出疲憊。實際上，他才剛施展過如此耗力的大魔術。

即使如此，事情尚未結束。

他的目光落在腋下。那裡放著他一路隨身攜帶的銀色手提箱。

哈特雷斯撫摸箱子表面，一邊解除魔術鎖（Mystic Lock），一邊緩緩地呢喃。

「我也必須請『你』協助。」

手提箱打開了。

哈特雷斯的手伸進縫隙，一把取出內容物。

「衛宮家本來的家傳魔術，是在體內或固有結界內等不受世界干涉之處，將時間加速到極限的術式。雖然固有結界不是他人能夠模仿的東西，幸好世界對於與外界隔絕的靈墓阿爾比恩干涉力本來就很低。我認為可以充分利用你的術式。」

他拿出一個大瓶罐。

瓶罐內浸泡著受損的大腦與神經，上頭還附有眼球。

就連魔術師中也只有少數人知情……封印指定的魔術師會以這種形式受到保存。先拔出大腦、神經與魔術迴路，浸泡在保存液中。其餘的附屬物則根據當時的情況而定，這個瓶罐本身會發揮從前的肉體，或是現在的外骨骼的功能。

哈特雷斯付出了十年來最高的成本，才取出那個應該在封印指定執行局內的「魔術師」。

「……好了。」

他將靜止的懷錶安放在附近。

那是與術式連動的懷錶。內含萬年曆(Perpetual)的精密時鐘會計測數百年單位的時間。這同樣是這次的術式不可或缺的道具之一。

「妳先前對我說過『你會殺了我吧』。」

哈特雷斯呼喚眼前的對象。

「不過，我不知道能不能實現。到了這一步，我毫無防備，妳也毫無防備。到了最後，妳會覺得這是場豪賭嗎？」

『就是說啊。』

回應並非聲音。

哈特雷斯從偽裝者挪動的嘴唇，讀出她的意思。

她已經結束了在此處的任務。成為哈特雷斯的計畫中不可或缺的拼圖。

哈特雷斯為難地笑著，向她頷首。

「接下來，就看是否來得及。」

他撫摸胸口附近。

撫摸心臟（Heart）上方。

「妳的願望，是否會實現。」

哈特雷斯宛如歌唱、宛如祝賀般地呢喃。

「我的願望，是否會實現。」

呢喃聲在房間內搖曳。

在他目光所及之處，偽裝者正被光柱吞沒。在那道和亡故之龍的魔術迴路連結的光芒中，經歷過許多嚴酷戰場的馬其頓女戰士，看來彷彿在溫柔地打瞌睡。

「晚安，偽裝者。」

『晚安，哈特雷斯。』

楚楚可憐的嘴唇回答。

只傳達給哈特雷斯（他）一人的話語。

接著，將計時到她成神為止的時鐘開始轉動。

*

我墜落了許久、許久。

虛空與虛空連鎖，只有無意義的時間不斷連接下去。

除了陡峭的牆面，視野幾乎一片漆黑。

除了觸及肌膚的冷風與劃破風勢的聲響，一切都消失了——不，甚至連那個也早已變得模糊。然而，唯有持續下降的感覺清晰地持續刻劃在肉體上，持續不斷地激起恐懼感。如果是一般人，應該撐不到幾分鐘就會喪失理智吧。

當然，這種情況很奇怪。

就算阿爾比恩沒有現實的座標，大魔術迴路位於地下數十公里深的深層，但下降能持續這麼久嗎？以體感來說，我已經持續下降了幾個小時。

為了避免劇烈撞擊地面，我在這段期間維持著視覺的「強化」，用伊卡洛斯禮裝把下降速度抑制在可以著陸的範圍內，但下降不可能持續這麼久。

「…………」

我之所以能勉強承受，是因為受過守墓人訓練，還在鐘塔接受了短暫的訓練。

當然，露維雅、清玄與富琉好像也沒有問題。即使是老師，由於這類項目與魔術的能力沒有直接關係，他毫無問題地在黑暗中持續下降。

大部分的過程都只是墜落。

但是，虛無之穴有許多次突然彎曲，有時則變得很狹窄，阻礙我們前進的道路。在這種情況中，與其說是前進的道路，稱作下墜的道路會更適合嗎？每次都必須用滑翔禮裝做精密的控制，毫不留情地折磨我的神經。

也許是發現我的側臉流露疲色……

「不要浪費力氣。」

老師不知第幾次給出建議。

「別用大腦思考，讓狀況與神經幾乎自動化。將這部分的計算交給魔術迴路處理是最快的方法，但妳對魔術沒那麼熟悉吧。那不要緊張，交給亞德和直覺應付比較快。」

「交給亞德嗎？」

「咿嘻嘻嘻！因為我沒有覺得疲倦這種功能啊！」

亞德在我的右肩吵鬧地叫嚷。

不過，唯獨這次我會老實地接受那句話。一路深入阿爾比恩到這裡所累積的疲憊，正確實地侵蝕著我的身體。雖然沒說出來，露維雅、清玄與富琉應該也一樣。

即使能透過魔術迴路自動控制滑翔，這股寒氣也毫不留情地不斷奪走我們的體力。因為持續置身於靈墓阿爾比恩特有的異樣魔力影響下，情況就更加嚴重了。當然，用魔術可以保護體溫，但大家選擇把魔力的消費控制在最低限度。

「……說來，時間在這裡是否正常流逝都值得懷疑。」

老師的話語，讓我忽然回想起凱爵士在夢中講過的話。他說，時間與空間在這裡似乎都很模糊。

不過，即使如此，我們現在也非得趕上冠位決議不可。

此時，話聲突然中斷。

「老師？」

「……啊，沒什麼。」

正在滑翔的老師搖搖頭。

「我在想，或許……」

「什麼呢？」

「我總覺得有一片至今都拼不上的拼圖，現在拼上去了。」

我無法完全理解那句話的意思。

我覺得，即使如此也好。我未必一定要能共享此人所認為的真相。只要我能對他從真相衍生出的目的帶來一點助力，那就行了。

哈特雷斯博士。

他的弟子告訴我們的過去，還有他的來歷，有的地方與老師給人的印象相重合。

這不單是因為他當過現代魔術科（諾里奇）的學部長，而是在更根本的部分——例如，明明感覺性情不太適合作為魔術師，在行動上的表現有時卻異樣地符合魔術師身分等等，這些地方讓我忍不住把兩人連結起來。

老師阻止得了與他相似的哈特雷斯嗎？

不，即使未能阻止他，但願與哈特雷斯的相遇，能夠為老師心中的苦惱與掙扎帶來一個解決。這段在靈墓阿爾比恩的冒險，一定也僅僅是為此而存在。

當我們又下降了一陣子後——

「……空氣改變了。」

露維雅開口。

她朝向伴隨身旁的五顆耀眼寶石伸出手。

「寶石們告訴了我。從這裡開始，在靈墓阿爾比恩也算是新領域。」

她繼續以猛烈之勢下降，美麗的眼眸同時望向黑暗深處。

「那麼，就快到古老心臟——」

我們的目的地。

應當是哈特雷斯舉行儀式之地的靈墓阿爾比恩深處。

此時，老師低聲呻吟。

「……沒有趕上嗎？」

聲調中透出的苦惱，讓富琉回過頭。

「怎麼了？」

「我剛剛和萊涅絲接通了路徑（Pass）。可惡，比預定時間提前了幾小時。這是最糟的發展。」

聽到那番話，魔術師們愕然地一瞬間僵住。

露維雅開口：

「鐘塔打開了古老心臟的堤防吧。」

「那是——」

我說到一半，自己也發覺了那個意思。

我從老師那裡聽說過，來自外部的魔術無法進入這座靈墓阿爾比恩。其深處的古老心臟更受到嚴密的封鎖，排斥所有來自外部的干涉。唯一的例外，只有為了召開鐘塔的會議而打開古老心臟的堤防時。

這代表著——

「——冠位決議開始了。」

頭下腳上的老師以沉重的語氣說道。

2

從採掘都市再度穿越裂縫，我的心臟怦怦直跳。

當然，不是為了終於要迎向會議這種勇敢的理由。

（……雖然都市也很嚴重，不過這裡特別強烈啊。）

豈止皮膚發麻，連骨頭都在嘎吱作響。

這是空氣導致的。

說得更精確一點，是空氣蘊含的奇怪「壓力」導致的。

不管用任何科學的檢測器，都無法分析那股「壓力」的本質吧。不過若是實際讓人類置身其中，應該會像礦坑裡的金絲雀般立刻變得衰弱，警示這種異常。

哪怕是我，感覺只要一鬆懈下來就會被壓垮。對於現代人而言，神話時代的魔力——真以太是毒素，而這裡的魔力與之相近。我對魔力反應過度的魔眼，馬上開始陣陣抽痛。

不單純是「古老」而已。

這裡有著幾乎不受人理版圖（Texture）影響，維持神話時代擴展開來的另一段歷史。如果人類與神並未斷絕連繫，或許可能形成這種形式的另一種可能性。

在三大魔術協會中，鐘塔自豪的偉大資產。

靈墓阿爾比恩。

這裡就是其核心要地——古老心臟。

（心臟呀。）

我不清楚這個區域實際上是否呈現那樣的外形。

當古代的龍在地底死亡，不久後化為這座靈墓阿爾比恩時，體積無疑變得遠比原有的軀體更加巨大。光是應該只占其中一小部分的這個區域，都不知道到底有多大了。

周圍的材質，應該也到現在都還未查明。

色澤漆黑。無法辨別是金屬或有機物，具有光滑的質感。牆壁和地板都是由這種不明材質構成。

當我確認到這裡的時候——

我的魔術迴路傳來細微的刺激。

（——萊涅絲。）

（——喂喂，兄長，難不成你們真的趕上了？）

我仔細地留意，不讓想法表現在臉上。

坦白說，我覺得他們有七成機率無法抵達這裡，已經死心了。

方才，鐘塔打開了堤防，以開啟通往古老心臟的裂縫。

不過，幾乎遮蔽外部干涉的古老心臟，即使在打開提防後，魔術通訊的距離也受到很大的限制。魔術實力在二流以下的兄長能將意念如此清晰地傳過來，不外乎是因為他已來到離這裡很近的地方。

（——很遺憾，我們沒有趕上。雖然看樣子是抵達了古老心臟。）

（——哎呀，原來是空歡喜嗎？我想你應該已經知道了，會議提前了大約四小時喔。）

（——我預期過這種情況。我會盡最大限度的努力。）

兄長的意念流露出苦惱與焦慮。

這也難怪。如果允許的話，我也想馬上回家閉門不出。在這個情況下的「如果允許的話」，意思是指能夠接受以後慢慢遭到折磨的困境。

在鐘塔，一旦被認定為處於劣勢，未來將肆意遭到多少攻擊，讓人一點也不想去思考。具體來說，那正是艾梅洛派自肯尼斯死後，直到情況穩定為止——直到我把兄長封印在艾梅洛II世位置上的大約一年前為止，經歷過的困境。

（——妳和葛拉夫先生見過面了嗎？）

（——嗯，我確實收到了那位老魔術使的傳話。）

那名老人是來替兄長傳話的。

他的本領精湛得讓我想聘用為專屬人手，實際上也試著遊說了一下，可惜他並未接受邀約。

（——萊涅絲，接下來……）

（——好好好。在你們阻止哈特雷斯前，你要我在冠位決議上爭取時間對吧？我會盡可能試試。）

我暫時中斷心靈感應，僅僅在影子的相伴下，走在從裂縫延伸出的筆直通道上。地面會投射出影子，當然是因為有光源。

（亡故之龍的魔術迴路嗎……）

據說在大魔術迴路內布滿更接近人體、宛如血管的光之通道，不過光芒在此處呈螺旋狀盤旋著。

不久後，我進入一片開闊的空間。

那是個寬敞的房間。

方才的光芒匯聚在圓頂狀的天花板上。

相連的光芒美麗得足以讓我確信，鐘塔是為了光線而選中此地。光的流動步調不一，在各個局部滿溢出更強烈的光輝。在遙遠地底的黑暗中星星點點亮起的光輝，簡直就像是新世界的星空。

房間中央擺著圓桌，但同樣看不出材質。當然，那不可能是從地上運輸進來的吧。自從鐘塔開設以來，頂罩的星空與圓桌到底見證過多少次會議呢？根據會議的結果，到底曾有多少魔術師感嘆過不幸的命運，或是高舉酒杯慶祝勝利呢？

參加者已齊聚一堂。

在左手邊，坐著民主主義派的君主。

亦即——

依諾萊・巴爾耶雷塔・亞特洛霍爾姆。

麥格達納・特蘭貝利奧・艾略特。

在右手邊，坐著貴族主義派的君主及其代理人。

奧嘉瑪麗・艾斯米雷特・艾寧姆斯菲亞。

盧弗雷烏斯・挪薩雷・尤利菲斯。

應該坐在跟前的中立主義派這次缺席。

在某種意義，連那份空白都很可怕。因為在冠位決議上，缺席不代表漠不關心，無非是另一種表明立場的方式。中立主義派全體缺席，意味著他們一心打算在這一戰中跟隨獲勝的那一方。這是不獲取政治優勢，意圖用以研究為優先的方針來威懾其他派閥的中立主義特有的選擇吧。

當然，我走向右邊。

就算接受奧嘉瑪麗的提議，贊同阿爾比恩再開發計畫，我們屬於貴族主義派的事實也不會改變。不，要是我們企圖徹底改換陣營，那可是有幾條命都不夠用喔。

「看來準備都完成了。」

麥格達納首先和顏悅色地開口。

民主主義派之首，特蘭貝利奧派的君主即使在這裡似乎也無意放下主導權。

依諾萊接著說道：

「平常出席的都是些沒什麼變化的老面孔，這次真讓人耳目一新啊。雖說是魔術師，在這方面還是有新陳代謝更好……不過，依照這個理論，我和盧弗雷烏斯會是最先被踢出去的人。」

明明絲毫沒有要被踢出去的意思還這麼說，真愛說笑。

再也沒有人比她更適合女中豪傑這個稱呼了。

巴爾耶雷塔閣下，或者是冠位魔術師蒼崎橙子的老師。無論哪一個頭銜，都不可能屬於尋常的魔術師。

「無聊透頂……」

眾人當中皺紋最深的老人拒絕道。

所有人都知道，刻劃在其靈魂上的宿業，比起那一道道皺紋還要更深。從降靈科（尤利菲斯）的君主這個立場來看，即使老人真的連靈魂上都刻印著某種術式，也毫無不可思議之處。

依諾萊和盧弗雷烏斯。

即使從創造科（巴爾耶）和降靈科（尤利菲斯）的門第來看，兩人也是不分上下的當家。

接著——

「——父親將天體科（艾寧姆斯菲亞）的投票權託付於我，並交代我不可對諸位有失禮數。」

奧嘉瑪麗無懈可擊地行禮。

可惡，她在這方面做得比年長的我更好。不如說，由於被她搶走年紀最小這個立場，我覺得自己處於不利地位喔。

君主們的目光同時投向我。

就因為這樣，我才討厭當最後一個。不管要隨口應付還是說點俏皮話，都太過顯眼了。

我吐出一口氣。

「請容我以不成熟之身坐於末位。請多指教。」

我簡短地總結，用盡全力友善地揚起嘴角，跟著就座。

啊，我的胃好痛。我明明只想把這種體驗賦予兄長，但世事難以盡如人意。我感到血在發冷，彷彿有把銼刀在銼削神經。我甚至分不清胸口的疼痛是出於緊張，還是正遭到他人詛咒。

我僅僅連著唾液一起嚥下恐懼。

透過魔術迴路，強行將大腦活性化。

「那麼，召開冠位決議吧。」

麥格達納堂堂地宣言。

坦白說，我現階段的戰略非常糟糕。只是對於特蘭貝利奧多半會拿出來的阿爾比恩採掘資料沒完沒了地針對正確性挑毛病，盡可能地延長會議時間而已。

延遲後再延遲，控訴後再控訴。凡是有一點可以質疑之處，不管有多難看也要質疑到底。我已經準備好，到了緊要關頭，不惜坐在地上耍賴也要拖下去。

但是——

「嗯。其實在這之前，我想向諸位介紹一個人。」

麥格達納轉動粗壯的脖子呼喚道。

一名褐膚女子融入於房間的黑暗中。雖然知道有人在陰影中，卻無法辨別對方的長相。

不過，當她走到光線照射之下，我發現那是一位眼熟的女性。

「我是祕骸解剖局材料部門的阿希拉．密斯特拉斯。」

女子凜然地鞠躬，報上姓名。

我不得不輕輕呻吟出聲。

哈特雷斯最後的弟子。

當卡爾格．伊斯雷德——不，或許是他的兄弟喬雷克．庫魯代斯——在解剖局遇害後，此人便下落不明，沒想到竟會在冠位決議上重逢。

「諸位應該已經知道，這次的議題是討論靈墓阿爾比恩再開發一案的對錯吧？」

麥格達納交疊起粗壯的手指說道。

「要討論此事，祕骸解剖局的意見應該不可或缺。因此我找她來當證人。啊，對了，為了避免之後引起誤會，我話先說在前頭，她是我的養女。」

「什……！」

奧嘉瑪麗不禁語塞。

對我來說，也是初次聽聞這個情報。麥格達納的養女任職於祕骸解剖局的重要部門？

（——喂喂，兄長，這是……）

（——嗯。情況變得截然不同了。雖然我聽說過，麥格達納氏有十幾個女兒。）

我與兄長的意念對談，也流露出彼此的焦躁感。

「哈哈。就算是這樣，解剖局也不會提出只對我有利的資料，不過事後才說明情況會變得很複雜吧？」

麥格達納悠然地笑了，但我實在沒心思跟著露出笑容。

（……被擺了一道。）

豈止掌握主導權。

麥格達納打算用第一擊直接結束議論。既然奧嘉瑪麗與貴族主義關係並不緊密，只要針對這一點突破，這場會議就會輕易了結。

倒不如說，為了生存下來，我現在去討好他會更好嗎？

我觀察盧弗雷烏斯的態度。

老人宛若枯木的手指緊緊地抓住扶手。這邊的反應也很不妙。要是我若無其事地倒戈，他很可能當場暴怒，無視會議的一切出手殺過來。我當然不可能相信麥格達納會賭命保護我。

更何況，如果麥格達納是哈特雷斯的共犯，情況將會如何……

「我聽說，會議的議題是靈墓阿爾比恩的再開發計畫。」

奧嘉瑪麗抬起頭。

她應該也用她的方式產生了危機感。就算要像對我提議過的那般，背叛盧弗雷烏斯贊同再開發計畫，也不能從一開始就巴結對方。

麥格達納露出親切的笑容說道。

「當然沒錯。可以嗎，阿希拉？」

「是，爸爸——不，特蘭貝利奧閣下。」

受到催促的阿希拉，把幾張紙放在我們前方。麥格達納說她是來自祕骸解剖局的證人，卻把她當成祕書對待。當然，這是為了向我們強調他們屬於這種關係吧。先喊出爸爸再改口這一點，也顯得非常刻意。

「因為巴爾耶雷塔閣下——依諾萊女士也曾要求我提供靈墓阿爾比恩的詳細資料。我請她準備好嘍。」

「嗯。辛苦了，麥格達納小弟弟。」

依諾萊一手拿起資料，閉起一隻眼睛。

接下來，在直到我們看完資料為止的空檔，麥格達納緩緩地望向我們。他看盧弗雷烏斯的時間略久，看奧嘉瑪麗和我的時間則短一些。考慮到年齡差距，這個時間差作為敬意的比重十分妥當。可惡，連言行舉止都毫無漏洞。

「雖然使用的是現代的影印紙，這是祕骸解剖局的作風，希望諸位見諒。」

麥格達納一邊拋出開場白，一邊說道：

「如同資料所示，從阿爾比恩能採掘到的咒體數量近來正持續減少。如果要維持鐘塔，現在就是應當做出決斷的時候。照這樣下去，隨著神祕的衰減，我們作為魔術師的目的達成的可能性也會持續降低。」

我們作為魔術師的目的。存在證明。

不斷奔向過去的我等，渴望在某一天抵達的究極。根源之渦。

然而，麥格達納現在說道：

「這代表著，照這樣下去，我們將會喪失存在意義。」

那句話的分量實在太沉重。

因為人人都被說服了，既然那句話是出自鐘塔的重要人物特蘭貝利奧閣下之口，就絕非無的放矢。

若要與之對抗……唯一的人選，果然只有尤利菲斯閣下盧弗雷烏斯老先生。

這名老人本來就是再開發反對派的核心。

他宛如蒙塵玻璃的眼眸一瞪，映出壯漢。

「雖然你說到……維持鐘塔……」

沙啞的聲音刮過麥格達納。

「話說……你們應該維持的鐘塔是什麼……」

「我認為是魔術師的未來。」

「……哈……！真可笑……」

面對麥格達納的回答，盧弗雷烏斯老先生毫不掩飾內心的失望，如此宣告。

「聽好了……所謂的鐘塔是……『我等』……」

將骨節突起的手指放在胸口的寶石上，他咧嘴露出一口黃牙。

老人的態度雖然傲慢，感覺卻不妄自尊大。他的口吻，就像一派理所當然地在講授自昔日傳下的習俗。

「既然你說咒體不足……削減那群新世代就行了……要是這樣還不夠用……就削減無聊的分家……哪裡有必要進一步投入人手與魔力……重新開發阿爾比恩……接近神祕者……有我等就夠了……啊，不知不覺間……連鐘塔都被捲入……無聊的大量消費理論……萬萬不可……將那種愚蠢事物……引進我等的鐘塔……」

我一陣戰慄。

這就是貴族主義的理論。

宛如對待一個備件般，過於漫不經心地處置他人的人生。

不過，這並非錯誤的。

即使是民主主義，同樣也奉行菁英主義。既然身為魔術師，在現代我們只不過是數量極其有限的變異種。民主主義拉攏新世代，純粹是因為欠缺勞動力，在遴選基準上「做出妥協」罷了。

老人在說，既然如此，堅持這種做法才符合道理。

「聽好了……既然你說到魔術師的未來……」

正當老人準備往下說的時候。

「……唔。」

他目光一動。

我從他的眼中看不出驚愕或動搖等情緒。儘管如此，哪怕是特蘭貝利奧閣下或者尤利菲斯閣下，也不可能預測到這個狀況吧。

「這是……怎麼回事……？」

麥格達納對著房間入口沙啞地說。

異變立刻造訪。

「打擾了。」

新的人影現身。

按住華麗的振袖和服衣袖，同時推了推眼鏡的女子，當然是我們認識的人。配上一頭烏黑長髮，她給予人的印象果然就像一條優美的蛇。無聲無息地巡視鐘塔，以冰冷的目光進行監視的蛇。

「妳是化野菱理，對嗎？」

令人意外的是，喊出女子之名的人是依諾萊。

「久疏問候，依諾萊大人。」

「雖然沒想到法政科會到場，妳總不會是巴露忒梅蘿的君主代理人吧？」

「這次我負責帶路。」

「帶路？」

老婦人皺起眉頭，在下一瞬間露出苦笑。

「原來如此，變成這樣了嗎？」

她看向菱理的背後。

另一道人影佇立在那裡。她似乎與這個鐘塔的君主們聚集的場合很不相稱，不過從冠位決議這個名稱來看，情況也像打從一開始就注定會這樣發展。

「老師也來了嗎？——看樣子，似乎才剛開始。」

由菱理領路帶來的東方人女性，輕輕地點了個頭。

3

「哎呀，我以為會議才剛開始，該不會是我弄錯了？」
當女子再度說道，一陣咬牙聲響起。
那個聲響宛如生鏽的鐵塊在相互摩擦。
「……蒼崎……橙子。」
盧弗雷烏斯憎恨地低語。
她以前或許曾得罪他。這名冠位魔術師在招來他人的憤怒與嫉妒這方面，似乎也配得上那個稱號。
「……這裡不是妳這種粗俗之輩……進來的地方……」
「哈哈哈，這話說得還真刻薄，降靈科（尤利菲斯）的老爺子。」
橙子摘下眼鏡，閉起一隻眼睛。那抹笑容的性質有了一絲變化。
「不過，唯獨這一次，我有資格正式參加。雖然老爺子想必覺得很不舒服，但這也是傳統的結果。還請見諒。」
「……妳說資格……開什麼玩笑……」

老人的話在此處頓住。

橙子掂著一張陳舊的羊皮紙揮了揮。不知老人是否一眼就看清了上頭寫的名字。

「看來你已經了解了。總之，我是君主的代理人。」

「我以法政科之名保證，這份委託書是真品。」

菱理這麼擔保。

空氣中充斥著緊繃的沉默。

那份沉默並非單純的驚愕，帶有更為沉重的意義。不是因為這種事不可能發生，而是因為有可能發生。正因為有可能發生才可怕。所有人都認同，若是這位冠位人偶師就做得到。

「妳還是老樣子，從古怪的地方接委託啊。」

依諾萊揚起一邊眉毛。

「因為我接受過老師很好的熏陶。」

橙子回應道。

我記得這兩人有著從學生時代開始的師徒關係。只是當橙子被列入封印指定名單時，率先贊同的人就是依諾萊，是段深具魔術師風格的關係。

盧弗雷烏斯如沸騰的大鍋般發出沉吟。

「……委託者……是……哪一家……？」

「詛咒科（吉格瑪利耶）……與其這麼說，不如說是中立主義的代表吧。」

橙子微微頷首說道。

「所以，我也會帶著正式的投票權參加這場冠位決議。啊，希望你們放心。我當然沒有中立主義其餘各家的投票權。就算有，你們應該也不會承認吧。」

橙子悠然地在附近的一張椅子上坐下來。

本來為了十二家系的君主製作的圓桌座椅，一視同仁地歡迎了冠位魔術師。

看到這一幕後——

（——……女士，難道說……）

兄長的意念暗中發問。

（——當然，「是我做的」。）

我壓抑著心頭的痛快，同時回應。

（——畢竟，我們必須查出哈特雷斯博士的共犯者是誰，需要一個篤定不會聽哈特雷斯指示的不確定因素吧？）

在斯拉分開前，我煽動過橙子——不如說煽動過暗中委託橙子的中立主義派。

當然，我提及的內容，包括哈特雷斯他們在斯拉的地下用來闖進靈墓的裂縫。雖然中立主義一度選擇旁觀，既然發生了這種意料之外的事件，他們很難完全視若無睹。正因為如此，平常迴避著遭到政治鬥爭波及的中立主義高層，也不得不接受我的挑撥。

只是連我也沒想到，他們真的會安排蒼崎橙子擔任冠位決議的代理人。

兄長的思念在屏住呼吸一會兒後，如此回應。

（——……那麼，妳是從何時開始知道，委託蒼崎小姐搜尋哈特雷斯弟子的雇主是中立主義的？）

（——一半是靠直覺猜的。）

我毫不隱瞞地說出實話。

雖然想誇耀一番，這個場合並不適合這麼做。

說來簡單，根據她的思想判斷，我從一開始就將貴族主義排除在外。舉例來說，雖然法政科可能會以不再次將她列名封印指定為條件再度提出委託，從橙子至今展現的特質來看，我很難認為她會唯唯諾諾地聽從。

其次是民主主義，如果要用到橙子，無論是麥格達納或依諾萊，都會把她藏得更隱密一點吧。他們應該會想避免她一時疏忽與我們接觸而洩露情報的可能性。橙子與我們的利害關係太過密切，不能置之不理。

因此，我用排除法判斷是中立主義。

就算無意直接涉入冠位決議，他們應該也想取得情報。會選中在雙貌塔伊澤盧瑪已經間接接觸過哈特雷斯博士的橙子，也是當然的發展吧。

（……不過……）

我心想。

（我倒是沒想到，她會帶化野菱理過來。）

法政科的女魔術師站在橙子後方，靜靜地微笑著。

她所在的位置，類似於在特蘭貝利奧閣下身後待命的哈特雷斯博士最後的弟子——阿希拉。一個平常不公開登場，但暗藏必殺一擊的定位。

「…………」

我好像聽到了低沉的聲音。

那是現場的均衡嘎吱作響的無聲之音。

在權力角度上，蒼崎橙子在鐘塔微不足道。她本來就是個流浪的自由業者。在錯綜複雜的鐘塔權力鬥爭中，沒有可靠後盾的橙子所說的話，沒有任何聆聽的價值。

然而，同時在純粹的魔術師角度上，此人就連在鐘塔也令人大開眼界。畢竟是冠位(Grand)。哪怕是有資格坐在此處的絕大多數君主，在單純的階位上也只達到了不如冠位的色位。

在靈墓阿爾比恩的再開發議題上，不管是貴族主義或民主主義，既然提倡再開發的目的是為了確保魔術師接近神祕的手段，那就難以完全無視她的意見。

（……這一招叫破壞前提。）

這在政治論戰上是基本招式。不過在冠位決議這個場合，很少能施展得如此成功。迎來她的加入，會議將出現什麼樣的變化呢？

在我思考著這些事時，麥格達納催促道。

「……那麼，盧弗雷烏斯老先生，請繼續先前的話題。」

「啊啊、啊啊，那種令人想睡的話題已經說夠了。」

橙子揮揮白皙的手突然制止道。

「妳說什麼！」

面對怒目而視的奧嘉瑪麗，橙子輕輕聳肩。

「反正還是平常那套貴族主義與民主主義的交鋒吧？爭論要把新世代也視為鐘塔的一部分同時保持擴張路線？或是乾脆縮小鐘塔本身的規模，改走吝惜開銷的拖長生命路線？那種事情最後都是看個人興趣，我想聽到更加不同的觀點——嗯，好不容易都抵達了這裡。你們差不多準備好了吧，艾梅洛？」

她在最後突然拋來話題。

我按捺住險些笑出來的衝動……

「妳是指什麼呢？」

這麼反問，橙子輕輕一笑。

亡故之龍的魔術迴路散發出的光芒，淡淡地點亮她的嘴唇。

「別裝傻。因為這可是案件。既然走到這裡，眼中還殘留著對抗的意志，代表你們看到了一個結局了吧？」

（——喂，兄長。）

（——我知道。）

兄長難掩焦慮地回應我的意念。

（——那傢伙的意思是，要我們在這場冠位決議上「表演推理秀」。）

那是何等傲慢？

她在暗中告訴我們，為了她的愉悅，去顛覆將決定鐘塔命運的冠位決議吧。

同時，這也讓我得以理解。

蒼崎橙子對區區的政治劇毫無興趣。

連概括兩千年的魔術世界趨勢，都不足以引起她的關注。

她之所以前來這裡，不是因為中立主義委託她擔任君主代理人，而是要見證自身參與過的案件的結局。

（——而且，妳發現了嗎？她說的可是「我們」。）

（——這代表她當然知道，我和兄長正以心靈感應聯繫這件事吧。）

我沒想過可以隱瞞到底，不過被她一派理所當然地一眼看穿，感覺真尷尬。

真不愧是蒼崎橙子。

作為鬼牌也該有個限度。她絕不是會被他人隨意利用的角色。不如說，要是照這樣下去惹得盧弗雷烏斯老先生暴怒，他很可能會無視同屬貴族主義這一點，全力摧毀我們。

（——那就像上次一樣，使用托利姆瑪鎢的一部分來製造兄長的身體吧。）

雖然藏得很低調，托利姆瑪鎢裝在運送進來的行李箱內。現在只能讓作為偵探的兄長出場來陳述推理了。

正當我這麼想著——

（——不行。）

兄長否定了這個做法。

（——這麼做無法維持說服力。好歹是冠位決議。不遵守出席會場的形式，不管我提出怎樣的推理，其他君主又怎會接受？）

的確有道理。

冠位決議會在這種地底深處舉行，從一開始就是為了藉由經過直到投票為止的繁瑣過程，來保有足以讓全體成員認同的權威。

以前在此處舉行過好幾次大魔術儀式，就算沒有實際行使魔術，一再重複的大規模行為本身就有咒術上的意義。舉例來說，在選出教宗的教宗選舉上，據說直到決定下一任教皇為止，全體候選人都要封閉在西斯廷教堂內。考慮到許多樞機主教年事已高體力衰退，這同樣是種賭上性命的選舉吧。

權威與傳統，本身即是束縛人的術式。

（——喂喂。不然要怎麼辦？）

（——由妳來講吧。）

聽到兄長的話，我的思緒一瞬間僵住。

「…………什……！」

我一瞬間險些大喊出聲，好不容易才忍住了。喂喂，你在這種場合說出什麼話來著，我的兄長。

（——就由妳來講，萊涅絲。）

兄長的意念再度說道。

（——你不是在開玩笑對吧。兄長。）

（——當然不是。）

「怎麼了？艾梅洛？」

橙子愉快地再度呼喚。

可惡，她不會是看穿了我剛被硬塞了一個亂來的提案吧？

「沒什麼，我正在苦惱該如何開口。」

我硬撐著挺起胸膛，直視前方。

當然，這是百分百毫無雜質的虛張聲勢。雖然我很想在童年時期就過完這種只有虛張聲勢可用的冒險。

兄長的意念接著說道。

（——我會依序把我的推理傳給妳。妳一邊整理成妳的說法，一邊講出來吧。）

（——別說這種毫無道理的話啊，兄長！）

我很想馬上抱頭大喊。若非置身於周遭所有人都急不可待地等著我露出破綻的情況，我一定會這麼做吧。

基本上，在場的所有人不可能都只是安分地聽著偵探推理。為了將推理結果導向對各人有利的結果，他們應該會持續進行干涉。因為哈特雷斯引起的弟子失蹤案即使與冠位決議有關，冠位決議並不是用來查出犯人的地方。

總之，不說全體成員，我必須時時激起過半數與會者的興趣。

而且，還要同時根據兄長的推理，維持足以追捕犯人的理論結構。這種事情，相當於要一邊表演飛行特技取悅地上的觀眾，一邊逼近並擊墜敵方的戰鬥機喔。

我按捺著嘆息，用意念回復。

（——兄長，你那邊追得上哈特雷斯嗎？）

（——我會盡可能加快速度。）

（——雖然不想拜託你，不過拜託你了。就算我盡到最大限度的努力，查出哈特雷斯的共犯，如果你沒追上關鍵的哈特雷斯，就沒有意義可言了。）

查出共犯的身分後，對方也有可能會轉變態度，提議用整個鐘塔之力來支援哈特雷斯。到頭來，如果沒有阻止哈特雷斯的眉目，事情就無從談起。

因為對我們而言，這場冠位決議是無法逃避的「過程」，而阻止哈特雷斯正是「目的」。

在握起拳頭又鬆開大約兩次後，我做好了覺悟。

我盡量放緩速度開口。

「嗯，從這裡開始說起很適合吧。」

我的目光逐一環顧眾人，往下說道：

「各位，你們可知道現代魔術科（諾里奇）以前的學部長，哈特雷斯博士？」

「……很遺憾，我只是聽過他的名字。因為在我懂事時，他已經離開鐘塔了。」

奧嘉瑪麗微微皺起眉頭。

她應該不知道我在此時提起那個名字的理由吧。唉，姑且不論她的表情是真的還是演出來的。

我根據兄長傳來的意念，謹慎地選擇用詞。

「近幾個月，那位前任學部長（哈特雷斯）的弟子陸續失蹤。對，阿希拉小姐當然知道此事吧。因為其中一人——妳的同事卡爾格．伊斯雷德，在祕骸解剖局內遇害身亡。那邊的化野菱理小姐檢驗過命案現場。」

「我的確檢驗過現場。」

菱理做出肯定的回答。

這名美女的目的也不明。據說她和哈特雷斯都是諾里奇的養子，她是基於這份交情在追查情況嗎？

無論如何，我停頓一會兒讓所有人有時間咀嚼我所說的話並繼續道：

「我認為，失蹤案的犯人是哈特雷斯博士。」

「……哎呀，那個傢伙嗎？」

老婦人依諾萊喃喃地說。

「怎麼了嗎？」

「不，我只是感到意外。因為他以前和弟子們似乎相當親密。」

依諾萊聳聳肩，談起往事。

這也是個棘手的證言。我對十年前擔任學部長時的哈特雷斯幾乎一無所知。畢竟，當時的我連作夢也想不到，自己竟會成為艾梅洛的繼承人。

「對了，妳和以前的現代魔術科交流頗為深入吧。」

麥格達納說完後，詢問另一位君主。

「那盧弗雷烏斯先生是如何呢？」

「……把時間用在……甚至不是君主的學部長身上有何意義……」

老人斬釘截鐵地回答。豈止數十年，那份冥頑彷彿從百年前起就從未改變過。

當時的現代魔術科甚至不屬於貴族主義，對盧弗雷烏斯來說去接觸也毫無意義吧。

「啊啊……就算廢物新世代師徒互相殘殺……與我何干。妳打算用那種無關之事……占用會議的時間嗎，艾梅洛……」

「不，老先生，此事有所關聯。」

我擺出很清楚詳情的表情頷首。啊，可惡，我事到如今才痛切地感受到兄長的心情，但我真想把這種心情丟掉。我想站在踐踏他人心情的那一方，可不想產生共鳴。

好了。

順其自然吧。

「因為在這場冠位決議中，有哈特雷斯的共犯。」

我竭力保持著虛張聲勢的笑容，一口咬定。

*

「喂，冠位決議的情況怎麼樣？」

富琉在往虛無之穴下墜的同時發問。

老師沒有餘力回答他。

雖然我不知道會議是如何進行的，從他眉心的皺紋越皺越緊來看，情況顯然絕非一帆風順。

接著，同樣正在滑翔的清玄拉近距離發問。

「艾梅洛II世，俺可以連結你的魔術迴路嗎？」

「無妨。」

當老師點頭後，清玄輕揮食指。

於是，他的指尖浮現類似羽毛的形狀。羽毛輕飄飄地插進老師和清玄之間，表面亮起類似魔術迴路的光芒。

霎時間，會議的狀況倏然滲透般傳進我的腦中。

「——！剛才那個是什麼？」

「阿什伯恩用來分享情報的魔術。剝離城阿德拉的天使魔術……雖然在這個情況下只關係到魔力的運用方式而已，阿什伯恩的魔術特性會歸結於共享這一點上。」

我大致上明白。

剝離城阿德拉的魔術師，透過克服魔術刻印的免疫問題，鑽研出融合複數魔術刻印的技術。由於清玄的人格曾被魔術刻印侵占，我對這個技術抱著侵蝕與侵略這類印象，但那個魔術的本質，應該是他剛剛說到的「共享」吧。

「因為那裡的魔術，還棲息在俺體內。」

清玄的聲調顯得很寂寞，不過他本人與我們，都被和老師共享的資訊量給壓倒了。

「……想不到，蒼崎橙子和化野菱理竟然出現在冠位決議上。」

富琉發出呻吟。

我也用盡全力才壓下驚愕。

雖然想過冠位決議並不簡單，但我完全想像不到，在參加者上就會出現這樣的意外狀況。

在我所知的範圍內，與孤高之名最為匹配的蒼崎橙子，居然在決定鐘塔營運的冠位決議上現身。這個感覺很不協調，卻又讓人不得不接受的組合，令我恐懼得泛起雞皮疙瘩。

「各位。」

露維雅開口呼喚。

她的神情充滿另一種緊張感。

在我們當中，也許唯有她預測到了這次的發展。或許她曾親身體驗過，在冠位決議這類極端的狀況中，一些預測很容易就會被推翻。

我在慢了片刻後發覺，環繞她的五顆寶石產生了反應。

「我們或許也面臨了關鍵時刻。」

剎那間，富琉行動了。

「Lead me（引導我吧）！」

他擲出的小刀，目的絕非是要刺穿敵人。

作為占星術師的富琉，多半用小刀占卜了最安全的未來。所有人都理解他的意圖，按照小刀指出的方向在霎時間偏移軌道，正因為如此，才躲過了致命傷。

劇烈的衝擊撞擊身軀。

那簡直是漆黑的閃電。

細心張設的防禦魔術比撕破紙張更輕易地粉碎，空氣從虛無之穴的底部朝上空沸騰。纏繞在對方身上的紫電掃蕩黑暗，僅僅是餘波就把我們打飛出去。

清玄用右手形成的精靈根摀住臉龐，放聲大喊。

「富琉先生！」

「我沒事……！」

富琉按住燒傷的右手，發出呻吟。

禮裝受損的程度比右手來得輕微，是因為他護住了禮裝吧——如果在這裡失去滑翔用的禮裝，唯一的下場就是淒慘地墜落身亡。

露維雅抬頭仰望洞穴上空吶喊。

「龍！」

那是僅由骨骼構成的龍。

不。

不只龍而已。

那輛由兩頭骨龍牽引的戰車，吸引了老師的目光。

他的表情彷彿在說，從前自己也乘坐過那輛戰車。

「神威車輪（Gordias Wheel）……不，魔天車輪（Hecatic Wheel）……」

那是曾在魔眼蒐集列車上與我們對峙的偽裝者操縱的寶具。

據說偽裝者之主伊肯達也駕馭過，有時會交託給她的戰車。那是作為使役者，能夠連同真名一起自豪地展示的高貴幻想（Noble Phantasm）。

富琉嘖了一聲。

「啊，原來如此。姑且不提是不是完全相同的路徑，哈特雷斯也知道並運用過這個虛無之穴的存在嗎……！」

我們或許該考慮到這一點的。

既然哈特雷斯也不經由鐘塔設立的裂縫前往古老心臟，他有可能會和我們利用相同的捷徑。而且，如果預料到我們的追擊，他說不定會設下陷阱。

哈特雷斯的陷阱在此處準確地發動了。

然而——

我們也察覺了另一個事實。

問題不是骨龍，而是戰車。從方才的寶具定義來看，戰車發生了不可能發生的欠缺。

「戰車上沒有任何人……」

應該操縱著兩頭龍的騎手，並未搭乘戰車。

「是偽裝者的……魔術嗎？」

老師不甘心地呢喃。

他與戰車保持對峙，彷彿直到現在都接受不了那個事實。

「——這是寶具的自動控制。」

＊

「堤防打開了……」

哈特雷斯低聲說道。

他摀住一隻眼睛。令咒在手背上發光。那是他與偽裝者締結契約而出現的令咒。

主人對使役者僅限三次的絕對命令權。

在魔眼蒐集列車上的事件中，已經消費了一畫。

「他也來了。啊，情況果然這樣發展了。儘管我想過，如果這個預測失準就好了——不，要是他能夠理解我，明明沒有什麼會比這個更讓人安心了。」

他依然沒有鬆手，抬起單眼看去。

在光柱內部，使役者正在進行再臨。

被壓縮的時間已經超過百年。這還不夠。遠遠地不夠。要讓一名英靈成為神靈，需要長達數百年、數千年，達到信仰程度的時間。

靈基虛影再臨。

他那麼稱呼。

在那片守墓人的土地上，村民們模仿亞瑟王的精神、肉體與靈魂，試圖重現過去的亞瑟王本人，此為那種技術的應用版。運用掌管死與重生的迷宮通過儀式（Initiation），並進一步向前推進，只屬於哈特雷斯一人的獨自魔術。

這個術式並非純粹地發揮英靈的極限，而是強行拉出不可能的虛影，賦予其作為神靈的能力。

如果能夠確立為魔術師而存在的神靈，現在的鐘塔的魔術師也將能使用與神話時代相同形式的魔術。當然，由於其他條件並未全數齊備，沒辦法達到神話時代的原貌，但魔術應該會復活到無限接近當時的狀態。

應該會有人無法容許這種事吧。

所以，哈特雷斯也做好了覺悟。

「一決勝負吧，艾梅洛II世。」

然後——

「偽裝者。」

他重新注視著在光芒內部的女子。

為了受死而前來的女子。為了使自己的國王作為神靈再臨，沒聽幾句哈特雷斯的說明，便選擇獻出自身的女子。

這名女子與自己多麼相像啊。

「為了妳，我也會遵守約定。」

他以單眼望向連動的懷錶。

深深地想著在自己與對方之間已經隔絕的時間。

然後——

「我以令咒命令妳。」

哈特雷斯舉起閃爍的令咒，簡短地如此說出口。

「——為了我，忍耐兩千年吧。偽裝者。」

第四章

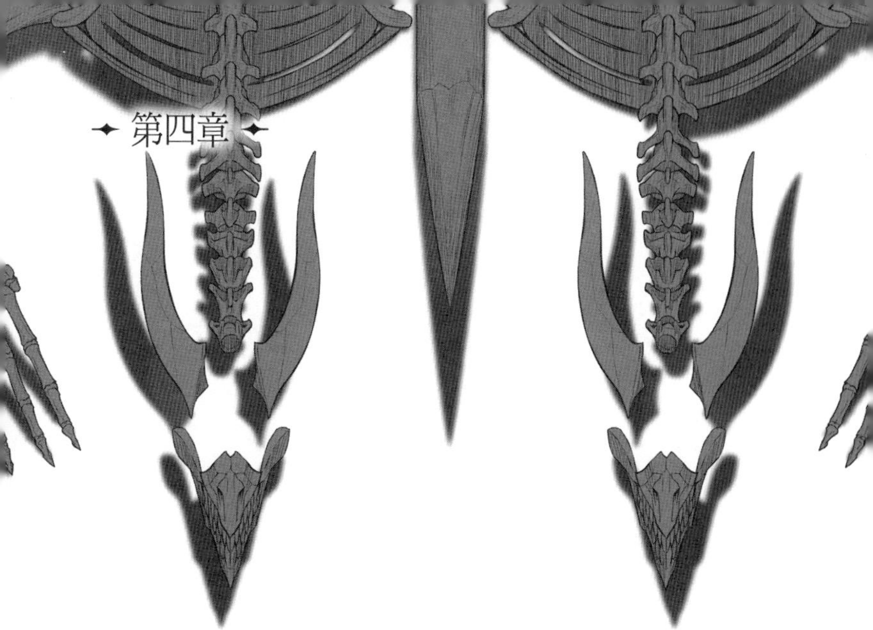

1

「……呵……咯咯咯咯咯……呵咯咯咯咯咯咯……」

尤利菲斯閣下——統治降靈科的盧弗雷烏斯發出的笑聲，簡直像是從冥界吹來的風。

或許，那陣笑聲與這座靈墓阿爾比恩很相稱吧。

「……竟然說……犯人……喔喔。現代魔術科（諾里奇）的小丫頭……講出的話還真倔強啊……不過話一說出口，想收回去也太遲了……」

「那是當然。」

我點點頭。

如果我看起來充滿自信就好了，不過這當然是我拚命演出來的。不管談話有沒有實質內容，不先讓他們願意聽我發言就無從施為。

「…………」

盧弗雷烏斯注視著我幾秒鐘後——

「……不……根本沒有必要去聽……」

老人改口，將嚴厲的目光投向圓桌對面的君主。

「麥格達納……繼續主持會議吧……這個場合……不是給人無聊地模仿偵探陳述推理的地方……」

（封殺嗎？）

我咬住下唇。

無論盧弗雷烏斯是不是哈特雷斯的共犯，這都是有可能出現的情勢發展。如果在推理小說中發生這種情況會令人噴飯，但沒有法律規定，他們必須特地在鐘塔的營運會議上聽偵探的推理。不管兄長建立了何等精彩的名推理，不讓人開口就沒有意義，因此這一招在某方面來說有效得很乾脆。

「就算死了區區一個解剖局局員……也與我等無關。哈特雷斯的弟子也一樣……在冠位決議上為那種事情……耗費時間有什麼用……」

然而——

「這麼做是有意義的。」

端正的話聲響起。

發話者是唯一沒坐在圓桌邊，佇立於蒼崎橙子背後的女性。

盧弗雷烏斯咬緊一口黃牙，轉向那人。

「化野菱理……」

「我代表法政科進言，哈特雷斯弟子們發生的事件，可能對冠位決議造成影響。」

「妳……！有什麼盤算……」

「我只是在盡職責。」

菱理開口。

穿著振袖和服的美女以白皙的手指推推眼鏡，宛如寒冰般澄澈的眼眸環顧連同我在內的君主與君主代理人們。

「只要事情涉及鐘塔的秩序，我們就有權利與義務為此盡最大的努力。哪怕是在冠位決議上也一樣。」

正如她所言。

正因為如此，法政科不同於其他十二學科，被允許奉行不窮究魔術之道的行動方針。因為替鐘塔帶來更好的秩序與營運，正是法政科的存在意義。

「那麼，妳說這件事有什麼意義？」

麥格達納發問。

「當然是因為這會關係到投票的結果。」

菱野說道。

到了這一步，她的發言與態度都不見任何怯色。就算是法政科成員，面對諸位君主還能保持如此膽量的人物，應該也很罕見。

「而且，因為這場冠位決議正是可以收集除了哈特雷斯本人外的所有證詞之處。」

「……妳提到證詞？」

本來喉頭發出聲響，彷彿在表達這一切很愚蠢的盧弗雷烏斯，在聽到下一個問題時，表情微微一動。

菱理如此問他。

「盧弗雷烏斯大人，您可知道馬奇里・佐爾根這個名字？」

「……那是個愛作夢的魔術師的名字。」

「鐘塔應該還留著他關於境界記錄帶（Ghost Liner）的論文。」

「妳……先前來找我等……不只是為了替巴露忒梅蘿傳話……也是為了挖出這篇論文嗎……？」

我也是第一次聽說，菱理拜訪過盧弗雷烏斯的下榻處。她的那個行動，原來是因為在冠位決議有必要所做的準備嗎？

「哈特雷斯召喚了稱作偽裝者的境界記錄帶。事情在於，他是用什麼方法得以收集到這個術式與情報的？馬奇里・佐爾根的論文是有力的可能性之一。」

「原來如此、原來如此。」

麥格達納動了動粗壯的脖子頷首。

「斯拉遭到寶具襲擊一事，我也聽說過一點消息。成功召喚出精密度足以用完全狀態使用寶具的境界記錄帶，而非像降靈科那樣僅限一小部分的連接（Access），這種例子即使在鐘塔的歷史上也很少見吧。請盧弗雷烏斯老先生務必談談你的看法。」

民主主義之首泰然自若地乘勢搭話。

當然，是菱理誘導形式如此發展的。

只要透露有境界記錄帶具體的論文，話題規模就會擴大到盧弗雷烏斯難以封殺的程度。至少，她認為現場會有人對此表現出興趣。

龍的魔術迴路散發的白光自頂罩落下。

盧弗雷烏斯撫摸手背上的皺紋，同時開口：

「要說舊論文，在祕匿書庫內是有一份……召喚七騎的英靈……勝利者得到聖杯……關於那種童話般的論文……我不知道哈特雷斯那廝是如何……不過，上一代的艾梅洛閣下或許曾被那種童話打動過……」

他不提寶具和境界記錄帶的實際存在，將話題縮限在論文部分。

這的確是最好的處理方法。

同時，我也不得不按捺住險些喊出聲的衝動。

（——義兄（肯尼斯）看過那篇論文？）

總之，這一招把嫌疑從盧弗雷烏斯本人轉嫁到我們頭上。他直白地表明，情報的洩露者可能是上一代的艾梅洛派。可惡，這老頭還真不擇手段！

（——喂，兄長。）

我發出呼喚。

我傳送意念，要他提供情報以商量接下來的戰術。

可是——

（——我們正在戰鬥！）

收到兄長近似哀號的回應，我嚥下湧到喉頭的叫喊。

狀況被打亂到什麼地步了呢？

以前同時進行交涉與調查時，我覺得這種情況是有可能發生，但連作夢也想不到，我們會同時參加冠位決議又在靈墓阿爾比恩面臨戰鬥。不，老實說，我腦海中並非沒閃過那個念頭，但我想扔掉那種想像。

不管多麼難以接受，這是現實。

是此刻阻攔在我們面前，無計可施的障礙。

會議與戰鬥與搜查犯人——這一切同時並行，狀況宛如旋轉木馬般令人目不暇給。

於是——

盧弗雷烏斯混濁的眼眸直盯著我。

「那邊那個卑劣的人偶師也說過……我受夠了無聊的對話……如果你們堅持不惜暫停冠位決議也非講不可……就拿出結論……那個叫哈特雷斯的傢伙的共犯……到底意味著什麼……」

「…………」

我必須做好打出底牌的覺悟。

我必須有所覺悟，依情況而定，我很可能與在場的半數人終生為敵。

那麼，我該如何打出底牌？出牌之際，應該以什麼作為目的？

「沒錯，我們找出了答案。」

我一邊說話，一邊觀察出席者們的反應。

「當我們議論靈墓阿爾比恩的再開發之際，哈特雷斯正在背後——在這個古老的心臟一角，開始舉行某個儀式。」

知道內情的橙子愉悅地揚起微笑，菱理冷冷地注視著我。

麥格達納和依諾萊顯得充滿興趣。

盧弗雷烏斯一臉厭煩。

奧嘉瑪麗神情僵硬。

每個人的反應都符合預期。如果在這些人當中有哈特雷斯的共犯，那人的演技堪稱傑出。

然而……

「他企圖在這座靈墓阿爾比恩裡，創造為魔術師而存在的神靈。」

這一句話使得阿希拉輕輕屏住呼吸，我並未錯過那個變化。

＊

「你沒事吧，老師？」

「……嗯，我的意識一瞬間被牽引到會議上了。」

聽到我的話，老師紊亂晃動的眼神恢復了清醒。

他就像在忍受頭痛般按住太陽穴，仰望自空中睥睨我們的戰車。

「豈止遠距離操作寶具，還是自動控制！可惡(Fuck)，這種類型的靈巧，『那傢伙』就算用盡全力也辦不到！」

老師的吶喊暗藏著難掩的恐懼。

「由於啟動了將英靈化為神靈的術式，偽裝者無法直接戰鬥。所以我才認為，只要抵達哈特雷斯的所在地，單憑我們也能夠阻止他，但沒想到她還會使出這種詐術。」

「居然能長時間束縛龍種，連同寶具一起進行自動控制，不愧是神話時代的魔術。原來如此，那個時代的魔術到達了這種境地呀。」

露維雅會這麼說也是當然的吧。

寶具不用多說，龍種在幻想種中也是特別的存在。

我們不可能想像得到，對方會像這樣把龍種只當成阻攔我們的陷阱消耗掉。

「不過！」

少女將滑翔調整回平行狀態，同時發出咆哮。

「雖說是神話時代的神祕，那終究是現代魔術的召喚物吧！」

露維雅的周圍漂浮起數量遠超過五個的無數寶石。

為了攻略這座靈墓阿爾比恩，她攜帶了那麼多的觸媒進來。

大量的寶石在呼應掠過魔術迴路的強烈魔力。以總量來說，魔力量甚至足以凌駕方才的戰車衝鋒（Charge）。

「Lead me（引導我吧）！」

為了指示更好的未來方向，富琉的小刀一閃。

露維雅朝向那個方向拋出一小節的咒語。

「Call（覺醒吧）！」

露維雅操縱的寶石群，帶著宛如萬花筒（Kaleidoscope）般的許多光輝，化為彩虹劍迸發開來。

同時，黑色的閃電疾馳過虛空。

魔天車輪的蹂躪。

彩虹色的寶石與漆黑的戰車在黑暗中對撞，散發魔性的光芒。

「亞德！」

脫離固定裝置的亞德即刻變形。

化為大盾的亞德，擋下朝這邊擴散的衝擊。那應該只是餘波，威力卻強勁到讓處在滑翔狀態的我們行進軌道大幅晃動。

不過，大盾抵禦住了。

露維雅的寶石魔術未能損傷戰車，但成功地讓戰車的衝刺偏移方向，將我們的損害減少到最低限度。

「…………」

我突然心想。

神話時代與現代的不同。

昔日曾宛如永遠般循環過的神話時代，與將一切消耗殆盡的現代。就連在魔術上，露維雅剛剛所浪費的那些寶石，不就是時代的象徵嗎？或許，採掘神話時代遺跡的靈墓阿爾比恩的我們本身，正是象徵？

「哎呀，既然那什麼使役者受限於主人的魔力，就不會無限地重複發動這種攻擊吧……」

富琉露出一副不願去思考這件事的樣子，喃喃說道。

我也試著說出自己的印象。

「……我覺得攻擊的威力比我們在魔眼蒐集列車交手時來得弱。」

既然沒辦法真名解放，那僅僅是戰車的普通攻擊而已。

儘管我們必須時時使出全力才抵擋得了那種攻擊……卻絕非無法抵擋。雖然這點破綻微小得難以指望，怎麼也難以利用。

間隔一拍之後……

「……我說，艾梅洛II世。」

露維雅開口：

「你認為我為何會搭乘魔眼蒐集列車，跟隨你來到這裡？」

「誰知道。雖然我很感謝妳。」

「真親切。你是因為說起來不好聽，所以假裝不明白嗎？」

少女露出微笑後，拋出十分簡潔的一句話。

「因為我很不爽。」

要是不熟悉她的人物聽到那句咒罵，很可能會懷疑自己的耳朵。

「沒錯，不只新世代，喚醒神話時代的魔術形式對許多魔術師而言都會成為救贖吧。什麼抵達根源，如今甚至連在空想中都不可能成真。收取本來就與根源相連的神靈賜與的神祕，遠比追求那種目標更有效率，也更加確實。」

哈特雷斯的圖謀。

在現代創造為魔術師而存在的神靈，復活神話時代的魔術形式這個荒唐無稽的計畫。老師也說過相同的話，那個計畫對於許多魔術師而言的確是種救濟。

「縱然如此，我也會一再主張——去吃屎吧。」

少女斷然宣告。

她把俚俗的咒罵，當成比任何事物都更值得驕傲的旗幟般說出口。

「那種行為，背叛了我們與諸神的時代分別、選擇現代魔術的歷史。那種行為，捨棄了我們縱使遠遠不如往昔繁榮，也孜孜不倦地持續了兩千年的進步。」

以前，我在老師的課堂上學到過。

現代的魔術，是從神話時代結束時開始的。成為學術的魔術目的變得與過去不同，轉而期望抵達根源。魔術師們傳承數十代，耗費令人難以置信的無數才能與資源，想像著夢想的盡頭。

在神話時代的魔術師眼中，那或許是不知意義何在的愚行。

我從萊涅絲那裡聽說過，甚至連那位蒼崎橙子，在偽裝者這名神話時代的魔術師面前，都被評為「脆弱」。

不過，正是那種性質變化令她感到自豪。

「即使我這個選擇會遭到未來的子孫們怨恨與詛咒，不管重來多少次，我都會這樣選擇。即使魔術師之間寫下的陰影中的歷史準備把我當成戰犯制裁，我也無法消除這股憤怒。」

在寶石環繞下，露維雅的眼眸中蘊含有力的光芒。

比起任何一顆帶著強大魔力的寶石都更加強烈的光芒。

「因為，這股憤怒正是我。」

我記得，老師曾經說過。

這名少女的姿態實在太過清廉潔白。

她身為魔術師，採取的手段卻是不僅限於魔術師，而是放在任何土地上都通用的正攻法。絕非只在黑暗深處適用，哪怕置身於耀眼的光芒中，她也不會失去自身的正確。

於是，此刻我心想。

她憤怒的方式是多麼美麗啊。

少女勇猛的微笑，就連這個虛無之穴中都很美。

「因此，你們先走吧。」

「先走？」

「我說過了吧。這種程度的攻擊，我們也抵擋得住。不過，沒有時間了。冠位決議已經開始，連一秒鐘都不能浪費——不應該浪費。」

露維雅清晰又明確地描述狀況。

「對，戰車是自動控制這一點也很方便。受到魔術束縛，讓龍種無從發揮原有的智能。儘管我不清楚那種骨龍有沒有智能。」

「這意思是，妳……」

當老師正要反問，露維雅一派理所當然地彎起嘴角。

「艾蒂菲爾特之名不可能沒達成目的。沒錯，正因為如此，這裡就交給我們來處理。你們去抓住目標！」

「唉，這也沒辦法。」

「要是走了這麼遠卻沒得到任何成果，這俺也不幹啊。」

富琉和清玄接著開口。

他們朝我們微微揮手。

「——交給你們了！」

老師一瞬間便下了判斷。

他操作滑翔用的禮裝，加速朝洞穴深處前進。

「我也出發了！」

我也追向他的背影。

寶石暴風朝企圖追擊的戰車傾注而下。

我們承受著衝擊和爆炸聲，潛入虛無之穴。

洞穴恰巧在此處變窄為列車程度的大小。

剛才的戰車應該是剛好鑽過洞穴衝過來的。那麼，只要穿越這裡，戰車就無法立刻追上來。

當我們穿越狹隘的空間時，背後再度傳來響亮的爆炸聲。

多半是露維雅用手邊的寶石發動了強大的魔術。

那裡正在上演多麼激烈的戰況呢？既然還有富琉和清玄在，我覺得他們絕不會輸給僅僅由自動控制操作的寶具，卻不可能因為這樣就放心。

我們再度朝不時受到龍的魔術迴路映照的虛無之穴墜落下去。

全身承受著風壓——

「——妳聽得見嗎，萊涅絲？」

老師向冠位決議發出呼喚。

2

（——你動作也太慢了，兄長！）

我充滿衝勁地回應呼喚。

相對的——

（——我們大概很快就能與哈特雷斯接觸了。）

兄長的答覆總算傳來了像樣的成果。

事態一個接一個地緩緩地連繫起來，開始急劇發展。簡直像全球大流行（Pandemic）一樣。我有種預感，雖然現在還能因應，只要哪個環節一出錯，情況立刻就會變得無法處理。

一旦石塊滾下斜坡，那就無能為力了。

我必須在發展加速之前，先讓他們落入「我們的計畫」。

我深吸一口氣，回應兄長。

（——真走運。我這邊也剛好用光了底牌。）

哈特雷斯的圖謀。

創造為魔術師而存在的神靈。

我一口氣拋出了此事的梗概。

要是普通的魔術師，應該只會一笑置之吧。儘管魔術是超常現象，自然也有其限度。否則的話，現代理應也會變成魔術的世界。把這件事認定為無稽之談拋開並立刻繼續開會，想必是種明智的想法。

不過，這場冠位決議的出席者，沒有一個是尋常的魔術師。

「相當有趣。」

麥格達納交疊起粗壯的手指，點了兩下頭。

「為魔術師而存在的神靈……若是能創造出那種東西，我們將喪失邁向根源的意義。假使此事屬實，那不是一個出色的好主意嗎？」

以民主主義派的思維來說，這也是當然的吧。

如果目的是讓更多的魔術師邁步踏上更高的階梯，神話時代的魔術形式無疑是條捷徑。身為魔術師的引導者，麥格達納的確會持肯定態度。

「……不。」

此時，否定的意志壓倒了會議現場。

那是從僅僅一名老人身上滿溢而出的強大意志。

「……開什麼玩笑。」

老人明確地說出口。

「無視我等兩千年來累積的所有歷史……事到如今還企圖復活神話時代的魔術形式……？啊啊，在遠東與邊境地區……到現在大概還有些地方會使用那種做法……不過，在這個鐘塔……？那怎麼可能，豈能容許那種事情發生……！」

這番話，與兄長的意念傳來的露維雅的發言性質相同。

一方滿心驕傲，另一方充滿執念，但他們抵達了相同的結論。他們懷抱著孜孜不倦持續走過的兩千年，拒絕唾手可得的救濟。

這正是魔術師——我心想。

絕非合理。甚至不著眼於現實。

如果能夠用那種道理來思考事物，一開始根本不會繼承魔術師這條路吧。作為貴族主義的魔術師，盧弗雷烏斯會持否定態度，同樣是十分自然的展開。

「妳……曾是哈特雷斯的弟子吧……」

盧弗雷烏斯狠狠地瞪著阿希拉。

阿希拉動作僵硬地頷首。

「是的。哈特雷斯博士指導過我。」

「那就回答我……那個愚蠢的前任學部長……真的能夠做出那種術式嗎……？」

「……！」

阿希拉一瞬間停止呼吸。

彷彿要打破她的猶豫，麥格達納沉穩地提醒。

「阿希拉，表明妳作為解剖局局員的意見吧。」

喂喂，先前還說什麼解剖局的阿希拉不可能說出只對我有利的話啊。你們這不是完全無意遮掩，黏得很緊嗎？

無論如何，阿希拉在停頓幾秒後開口：

「妳說他在魔眼蒐集列車上召喚了境界記錄帶吧……而且，還可能看過馬奇里的論文，帶走了衛宮的封印術式。運用斯拉地下不穩定的裂縫，潛入了靈墓阿爾比恩。」

阿希拉一一列舉因素。

關於這方面的材料，我只去掉了格蕾故鄉之事，其他都和盤托出。雖然一一觀察他們的反應再出牌是最好的方法，但我現在沒有餘力這麼做。

而且，我還有一個理由。

「那麼，我認為並非不可能。既然他收集了這麼多神祕，不惜放棄學部長的地位耗費十年的時間，那應該有可能實現。那個術式應該難度極高，但哈特雷斯博士擁有足以辦到的技術和異能。」

「據說他在妖精的神隱中……得到的，來歷不明的異能嗎……？」

盧弗雷烏斯微微發出沉吟。

因為哪怕是傲慢無比的降靈科(尤利菲斯)君主，也不可能無視妖精這個名稱。和單憑魔術機制無法完全分析英靈的寶具一樣，妖精也在現代神祕的範圍外。
或者……也可以說，以勉強維繫下來的現代魔術能夠理解的內容，只不過是神祕極少的一部分罷了。
（——很好，妳迫使阿希拉承認了。）
兄長的意念傳入腦中。
（——但是，接下來要怎麼辦？）
（——既然已將阿希拉推上檯面，就能把會議導向下一個重點。）
要是我獨自推動話題，就算巧妙地逮著對方的尾巴，只要麥格達納一插嘴就完了。由於麥格達納和我地位不同，只要他說出「那與冠位決議無關」，我將沒辦法繼續追問。不過，現在與他同等的盧弗雷烏斯表現出興趣，我就能直接將事情和會議連結起來。
可惡，蒼崎橙子愉悅地笑了。
她料到我的想法與棋路，正在觀戰冠位決議的棋局。
不過，就算這樣，我也沒有餘力挑選手段就是了。
「可以容我再問一個問題嗎？」
我提出要求。
「阿希拉小姐，在妳眼中，哈特雷斯與他的弟子庫羅以前是什麼樣的關係？」
「……庫羅？」

盧弗雷烏斯的語氣會帶著疑問也理所當然。

他本來就沒跟哈特雷斯本人接觸過，自然不會一一記住其弟子的名字。特別是依照盧弗雷烏斯的想法，很可能認為沒必要識別沒有家系作為後盾的新世代個體。

「應該是得意門生吧。」

阿希拉回答道。

「在他的許多弟子之中，庫羅也是特別的。我不知道他本人是否有所自覺，但最能靈活地接受哈特雷斯博士極其多樣化的魔術與理論的人，毫無疑問是庫羅。」

「妳說在弟子之中，是指你們五人之中嗎？」

「……………！」

阿希拉的表情掠過一絲緊張。

「這次遇害身亡或是遭到綁架──我認為只是屍體沒被發現，後者應該也遇害了──的三名弟子、妳還有庫羅五人，從前在靈墓阿爾比恩組過隊吧。」

「我並未隱瞞這段過往。」

睜眼說瞎話。

為了避免成為哈特雷斯的弟子一事顯得不自然，她至今的經歷處處殘留著謊報的痕跡。話雖如此，這並非正題。就算有人提起這方面的事，阿希拉應該也準備了很多閃避的方法吧。

因此，我將棋子向前走。

這可是抱著自爆覺悟的招數喔。

「說來像在曝露家醜般令人惶恐，不過你們從那時候開始，就成功地從阿爾比恩走私了，不是嗎？」

「……什麼？」

盧弗雷烏斯看了過來。

「……從阿爾比恩……走私……？這是怎麼回事……？」

老人混濁的眼眸映出阿希拉的臉龐。

在這個情況下沒有立刻否認，應該說她果然厲害嗎？她要是慌張地開口否認，我會輕鬆許多。

「有證據嗎？」

「很抱歉只是間接證據，但我查過斯拉的賬簿。」

我把沉甸甸的賬簿抄本放上圓桌。

「雖然隱藏在賬簿各處的數字中，斯拉以前長年都是赤字的收入，在我推測與庫羅有所接觸的五年間大幅改善。啊，我們學科的學生裡，有個平常授課內容完全沒聽進去，卻能馬上察覺這種數字的不合理的變態。」

當然，我說的是費拉特。

依照他的說法，「對不上的數字會浮現出來，看得見吧」。我的回應是「你不只魔術迴路，連大腦也很變態啊」，還請見諒。

然後，史賓檢查了費拉特察覺的不合理數字，轉換成任何人都容易理解的形式，艾梅洛教室的雙璧名不虛傳。

阿希拉迅速瀏覽賬簿的抄本，反應只是微皺眉頭。

那麼，讓我來進擊吧。

「當然，阿爾比恩本是因為不可能走私而成立的場所。」

我往下說：

「但是，哈特雷斯博士證明了走私並非不可能做到。對吧？因為哈特雷斯看穿了在斯拉的地底會出現通往阿爾比恩的不穩定裂縫。他完美地估算出了裂縫出現的時期與地點。」

若非如此，他不可能在那個時機用寶具轟出直達斯拉地下的坑洞，前往阿爾比恩。

「那麼，哈特雷斯是怎麼取得那種手段的？」

我在停頓一下後說道：

「我想是因為，他有你們這支五人小隊當前輩吧？不，恐怕在你們當中，妳說的哈特雷斯的得意門生庫羅，正是讓阿爾比恩走私成功的關鍵人物？」

「…………」

阿希拉沉默不語。

啊，可惡，將她逼入困境的我也心跳急促。

畢竟，這段推測中充滿假設。

我就像走在隨時會斷裂的繩索上。在某種意義上，這種冒險的舉動之所以會成立，是因為這並非集結嫌犯展開的推理秀，而是為決定鐘塔營運方向而舉行的會議。

正因為是有著微妙權力關係的對話，即使在邏輯上很脆弱，我還能對閃避的阿希拉緊咬不放。

「你們的五人團隊透過走私賺錢，經由正式路線自阿爾比恩生還，之後，受到走私對象哈特雷斯庇護，是很自然的發展。對於哈特雷斯來說，將你們留在身邊一陣子也更安心。」

因此，我不得不在這裡打出另一張底牌。

「為何哈特雷斯讓其他的弟子們失蹤了？」

我盡可能地克制情緒，淡淡地訴說。

「我們認為這是報復。」

「報復？」

依諾萊揚起一邊眉毛。

「老師……對弟子嗎？原來如此，雖然說得通……」

她無法完全接受也是當然的。我接下來準備要說的內容，會有些細微的差別。

因此，我重新問阿希拉。

「妳記得嗎，阿希拉小姐？」

「我什麼也不記得。」

阿希拉搖搖頭，兄長的意念向我說道。

（——喂，萊涅絲。）

（——這也無可奈何呀，兄長。關於這一點的證據並不齊全。就算不合理，也只能在這裡逼她招認。）

對，證據尚未備齊。

明明是兄長建立推理的關鍵卻證據不足，就算被指責這只是我們隨便想到的，那也無可奈何。不過，正因為如此，我只能在這裡強硬地提出來。

「那是在十年前。」

我開口：

「因為十年前，除了被選為得意門生的庫羅，你們四人『殺了哈特雷斯博士』。」

＊

「——剛才說的是？」

當我開口，老師表情苦澀。

他的神情彷彿在吐露，雖然已料到將會如此，但絕不歡迎這種發展。

「那是萊涅絲的賭注。」

他簡短地說。

清玄先前的魔術還在持續生效。雖然好像跟距離遙遠的露維雅他們沒有聯繫，我和老師之間在一定程度上共享著狀況。

「我並未找到確實的證據。不過，在那裡動搖阿希拉是唯一的方法。在某種意義上，萊涅絲或許比我更適合做這件事。」

「可是，她說哈特雷斯死了，那是怎麼回事？」

那麼，我們在追蹤的人是誰？

我有種好像在追蹤幽靈的感覺，胸中掠過一絲騷動。如果哈特雷斯已經化為我在當守墓人時，無比恐懼的對象呢？

「我大體上有了答案。不過，在現階段的冠位決議上只能以那種做法來進行——我們在這裡追上哈特雷斯，是取得確實證據的最快捷徑。」

原來如此——我心想。

就像我們以前同時調查哈特雷斯弟子的工坊並與麥格達納會談，這次兩件事也連結在一起了。冠位決議騷動的棋局，與在大迷宮徘徊的我們的命運，受到環繞哈特雷斯的疑雲重力牽引，如衛星般繞行著。

不過，焦躁緩緩地消退。

我們一直在墜入地底的虛空。

簡直像是地底的雲霄飛車。又像搭乘著流星一般。在黑暗中只有兩個人在向下墜落。

「……一定就快到了。」

「……嗯。」

老師點點頭。

我和老師頭下腳上地墜落著，不知為何找回了平靜的心情。

與露維雅他們分別，似乎讓我們下定了決心——我有種預感，從我的故鄉展開的一連串案件，結束的時刻終於近了。

「咿嘻嘻嘻，不好意思，在你們挺有氣氛的時候插嘴，但我也在喔！」

亞德的聲音，讓我不禁笑了出來。

「這樣就好。」

我回答他。

「要是少了亞德，我會很傷腦筋的。」

聽到我說的話，右肩固定裝置上的匣子一瞬間陷入沉默。

「妳變得太老實，都打亂了我的步調！」

亞德的抱怨讓我發出苦笑。

經歷過幾樁案件，來到這樣的地底深處後，我覺得我們終於成為了不錯的團隊。

「既然來到這裡，連我也能夠追蹤哈特雷斯的所在位置。」

老師從懷裡取出一枚金幣。

「這是當時那枚史塔特金幣。」

萊涅絲在橙子和偽裝者交手時撿起的金幣。

老師會識破哈特雷斯企圖召喚神靈伊肯達，也是因為那枚金幣的關系。

「這個與偽裝者——與偽裝者再臨後的神靈伊肯達相連結。只要追蹤魔力流向，不管願不願意都會見到那些傢伙吧。」

「嘻嘻嘻！時候終於到了嗎！嘻嘻嘻嘻嘻嘻，還真夠久的！」

亞德的笑聲忽然頓住。

我也察覺了原因所在。

在呈倒栽蔥姿勢的我的頭頂上——即虛無之穴的更深處。

「喂，那是什麼……」

亞德的聲調或許是第一次像這樣帶著恐懼。

慢了幾秒後，老師也轉向同一個方向。

「如果……」

老師的低語聲很沙啞。

「如果這個虛無之穴連結到的地方，不只古老心臟而已呢……？」

「老師……？」

老師露出在潛入靈墓阿爾比恩後最絕望的神情。

我們什麼都尚未看見。然而，光是那股氣息就令我們膽戰心驚。即使是面對神話時代的魔術師偽裝者時，我明明也不曾感受過如此強烈的無力感。

「如果這個洞穴……通往妖精域或是接近之處。如果通往搞不好比神話時代更危險的土地……」

不久之後，我和老師瞥見了黑暗深處。

那是——光芒。

更準確地說，是充滿光芒的眼睛。

光芒共有六道。這代表著，有三顆頭顱。

三頭巨獸的下顎，彷彿要徹底吞食我們。

「咦……」

不對勁。

距離感出了差錯。

我們明明在繼續墜落，卻一點也沒有接近怪物。

「是對方……太巨大了……？」

如果是這樣，那每一顆眼球都有數十公尺寬吧。巨獸的體格與這個虛無之穴的尺寸發生了矛盾。我們的感覺無法適應那個矛盾，陷入混亂。

「難道是，冥界的獵犬(Cerberus)……！」

老師的叫聲敲擊鼓膜。

「不，不對。是與獵犬(Cerberus)和亞巴頓起源相同，具有同樣原型(Archetype)的野獸……？在某些情況下……這正是……」

聽到老師中斷的話聲，我也感到喉嚨發乾。

不行。

要是怪物進一步出現在視野內，我的靈魂很可能就會消散。

豈止幻獸，那頭怪物已進入神獸的領域。絕不只靈墓阿爾比恩的寄生生物那種程度而已。一種身帶與外隔絕的權能，內藏現代魔術絕對無法並列的法則，超越常規的存在。

……我記得。

我有過一次與類似之物相遇的記憶。

蒼崎橙子的手提箱，或是潛伏在她體內的無可名狀的怪物。

兩者絕不相同。不過，在超越常規這一點上屬於同類，憑區區人類的認知難以辨識的怪物，盤踞在洞穴深處。

可說是靈墓阿爾比恩之主的野獸。

「老……師……」

我痙攣的咽喉，勉強擠出那個稱呼。

「屏住……呼吸……」

老師回答。

「千萬……千萬別被牠發現……」

一手拿著金幣，正在滑翔的老師竭力咬緊牙關。

3

（——喂，怎麼了，兄長？）

兄長的回應再度中斷，我不禁咬牙。

一股焦慮緊緊抓住心臟。

只是，意念本身仍然連結著。這代表那邊應該發生了無法與我通話的情況。可惡，處處都是一堆麻煩事嗎？雖然已聽過大致的推理內容，接下來我不就等於孤立無援嗎？

面對心焦的我——

「我們這些哈特雷斯博士的弟子，殺了老師……？」

阿希拉輕笑出聲。

她褐色的肌膚在亡故之龍的魔術迴路映照下，顯得妖豔又充滿光澤。

「這個說法真是異想天開。若是如此，妳提到的失蹤案的犯人是哈特雷斯博士、哈特雷斯企圖創造為魔術師而存在的神靈等等，不是全都喪失了意義嗎？」

「我稍後再回答這個問題。現在，請先讓我確認那個事實。」

「妳說事實？看來妳還打算堅持這樣主張，但做出那種事，對我們這些弟子有什麼好處？除了曾是他得意門生的庫羅，我們的確已經邁向下一條路，但這麼做不是只會失去老師這個後盾嗎？」

「當然有好處了。」

我像個發現賺錢良機的商人般承諾。

「因為除了作為得意門生的庫羅，你們打從一開始就不是哈特雷斯博士的弟子。」

「哦？這是怎麼回事？」

發問的是依諾萊。

我看向老婦人，進一步繼續道：

「因為靈墓阿爾比恩的探索者中，摻雜了事先奉鐘塔派閥之命潛入的間諜。」

這是橙子一眼識破，兄長推測出來的假設。

從盧弗雷烏斯並未插話來看，他本人大概也這麼做過，或是聽說關係接近的派閥做過吧。

「在五名弟子當中，至少遇害的卡爾格就是間諜。」

我暫時把身為兄弟的卡爾格與喬雷克互換身分的可能性放在一邊。因為話題如果沒有進展，無法再引起君主們的興趣，我很可能立刻被要求退下。

「對了，調查過這件事的不是只有我而已。那邊的蒼崎橙子小姐也一樣。」

「把話題拋給我呀？這麼說來，我記得妳聽到了我和哈特雷斯的對話。」

橙子露出苦笑，聳聳纖細的肩膀。

因為哈特雷斯的弟子是他人的間諜一事，是橙子比我們更早查出的事實。

——「我純粹是在問你，『他們曾是誰的弟子』，前任學部長？」

那是在斯拉地下，偽裝者與橙子交手時的事情。

不過，現在重要的是透過她之口追認這個事實。

「真沒辦法。雖然她是躲在旁邊聽見的，事實就是事實。我就基於責任承認吧。嗯，我像這樣質問過哈特雷斯。而他的回答是這樣的——我告訴過他們，把自己的人生獻給最燦爛的事物吧。他們有應當奉獻人生的事物。所以，得到了應得到的結果。」

「…………！」

阿希拉的目光一瞬間搖曳了。

既然得到冠位魔術師追認，這個事實已經無可動搖。她應該是害怕，隨便否認會導致自己一下子失去立場。

「假設那件事是真的，那又怎麼樣？」

她豁出去轉變了態度。

原來如此，這是比起否認更聰明的戰術。能將發言權的下降保留在最低限度。

「基本上，要暗中殺害吾師——哈特雷斯博士是不可能的。如果主要學科的學部長在倫敦死亡，事情馬上就會曝光吧。」

她轉移了話題的焦點。

啊啊，情勢仍然是對方更有利。

我必須成功地走過整條繩索，但對方只要在任何一點上割斷破破爛爛的繩索，就算獲勝。

所以，我謹慎地頷首，同時也在對話中摻進下一劑毒藥。

「是呀。鐘塔監視著倫敦的每一個角落。暗殺本身或許有可能實行，但總會在哪裡留下魔術戰的痕跡。要殺害學部長又不讓任何人發現，應該很困難。」

「妳能理解這一點，再好不過了。」

「不過，你們有個不會被人發現的地點。」

我以指尖觸摸圓桌。

等到話語滲透所有人之後，我如此說道：

「妳在十年前，不是『邀請哈特雷斯進入了靈墓阿爾比恩』嗎？」

「那就是讓走私得以實現的機關？」

奧嘉瑪麗微微瞪大眼睛。

我領首後繼續道：

「是的，就像哈特雷斯在斯拉地下利用過不穩定的裂縫，阿希拉．密斯特拉斯十年前應該也用過這個機關。除了庫羅，大多數的弟子都離開了哈特雷斯身邊。根據我的調查，妳似乎是最後走的。那麼，妳或許曾告訴他，想帶他前往靈墓阿爾比恩以回報師恩。站在魔術師的角度，不會錯過無須透過解剖局就可進入阿爾比恩的機會。哈特雷斯想必很高興吧。

同時，鐘塔的監視也沒有延伸到那裡。因為阿爾比恩的靈墓是依照阿爾比恩獨立的規則在運作。而那個規則是你們熟悉的領域吧。當然，以魔術師的能力而言，擔任學部長的哈特雷斯在你們之上，不過關於這一點，你們是在靈墓阿爾比恩經過鍛鍊的團隊。要殺害專注於研究的魔術師，你們能夠準備的方法應該多得很。」

「……………」

阿希拉再度沉默。

不過，她這次沒流露出試圖反駁的氣息。

她大概領悟到，在這個盧弗雷烏斯與蒼崎橙子雙方都表現出興趣的環境下，隨便抗辯會導致更糟糕的情況。

「啊，當時，哈特雷斯的得意門生庫羅應該是反對的。雖然不帶庫羅一起去就行了，不過在尋找裂縫上，那位得意門生多半是不可或缺的角色。唉，偽裝者襲擊斯拉時，我發現裂縫會停留一定的時間，所以你們只要在轉移到阿爾比恩後，馬上殺死哈特雷斯和庫羅就可以了。你們或許曾試圖說服他，但從裂縫的持續時間來看，幾乎沒有意義可言吧。」

「……妳的推論未免也太不講道理了吧？」

阿希拉總算擠出一句話來。

當然正如她所說的一樣。我對此心知肚明。我很想反問她，妳認為合理的論點在這裡管用嗎？

「只是，你們因此未能在那段短暫的時間內檢查屍體吧？」

「……妳是指什麼？」

「我指的是妳剛才問過的問題。如今的哈特雷斯是誰這件事。如果你們未能仔細檢查屍體，如今的哈特雷斯是誰這一點就可以縮小範圍了。因為，如今的哈特雷斯不是查出了不穩定裂縫出現的位置與時間嗎？以前只有他的得意門生庫羅才辦得到這件事。」

「妳……」

隨著低沉的呻吟，阿希拉啞口無言。

麥格達納安靜得令人毛骨悚然，關注著女兒的反應。

「難道妳在說……『如今的哈特雷斯是庫羅』嗎……？」

「關於哈特雷斯——如今自稱為哈特雷斯的魔術師的變身術，曾在魔眼蒐集列車上令我們大吃一驚。」

由於他假扮成卡雷斯，不知道給我們造成多少麻煩。

只要有那麼精湛的變身術，要假扮長期相處過的老師應該輕而易舉。

「……這不可能！」

阿希拉的聲音變調到悲痛的地步。

「所以我才問妳，你們當時檢查過屍體嗎？」

「…………」

女子的臉龐轉眼間失去血色。

當然，阿希拉也是優秀的魔術師，應該能自由控制這種程度的身體機能。反過來說，阿希拉目前受到的衝擊，強烈到足以讓她忘了進行這點身體控制。

「妳說的這些……一切都是在假設上再做假設的胡扯吧！」

「當然沒錯。」

我也承認。

要是不同意這一點，就談不下去。因為到此處為止的內容都是事前準備。只不過是用來進行對話的碎片(Piece)。

「不過，接下來我要說的並非假設。在阿爾比恩有一位與我們有交情的魔術師，找到了證據。」

阿爾比恩的魔術使葛拉夫。

兄長說過希望我調查的事情，正是這一點。

「那就是哈特雷斯的弟子——庫羅的全名。」

「庫羅的？」

阿希拉皺起柳眉。

我記得他們兩人都在阿爾比恩出生，搞不好曾是青梅竹馬。即使如此，在背叛時會背叛就是魔術師這種生物吧。促使她背叛的人，不知是不是麥格達納？

「我想妳也不知道吧？在這片土地上，沒有姓氏也無人會在意。如果知道的話，很可能曾留下某些紀錄。」

我對葛拉夫只有感謝。

因為對我而言，這是這場會議上不可或缺的妙招。

「你們沒有成功殺死反對殺害哈特雷斯的庫羅。他多半用某些手段偽造了屍體吧。我們也知道一個人很擅長這方面的技術。」

我看向橙子背後。

看向她帶來的法政科女魔術師。

「哎呀，難道妳說的是我？」

菱理看似驚訝地眨眨眼。

我不知道該給她的演技打什麼評分。啊啊，菱理明明應該也是為了此事才排除萬難，前來冠位決議的。

「他的名字叫庫羅·阿達西諾（Kurou Adashino）。」

聲音戛然而止。

因為所有人都察覺了那個含意吧。

阿希拉僵住不動，奧嘉瑪麗吞了口口水。

麥格達納將手放在粗壯的脖子上。

盧弗雷烏斯僅僅發出乾咳。

依諾萊和橙子露出類似的神情，監視周遭。

「換成東方的姓名順序，便是化野九郎（Adashino Kurou）吧。」

說出這句話的我很想嘆息。

真是的，事情是從哪裡開始串連起來的？在鐘塔的陰謀劇中有可能出現時間跨度達十年或百年的策略，但這件事在複雜度上是最高的。

能將祕密隱瞞至此，應該讚美她真不愧是法政科成員嗎？

「這就是妳隱藏的底牌吧——對，格蕾告訴過我，在魔眼蒐集列車的案件中，妳說正在追蹤自己的兄長。當時妳說，那是因為哈特雷斯博士與妳都是諾里奇的養子，不過只要知道這個事實，就會覺得那藉口很糟糕。」

啊，菱理當時所說的話如此簡單。

因為菱理發現了，如今的哈特雷斯真的是與她有血緣關係的親兄長。

「我說得如何，菱理小姐？」

化野菱理臉上浮現淡淡的微笑。

讓我回想起據說是遠東藝術的能樂面具。

＊

在好幾道相連的螺旋狀光芒中，哈特雷斯突然動了動嘴唇。

他依然遮住一隻眼睛。

剩下一道令咒的手，遮蓋了半張面容。

「……來了嗎？」

他的目光落在腳邊。

為了啟動術式，那裡擺放了一些物品。

首先，是「以前叫衛宮的魔術師」化為的活著的魔術禮裝、用來管理這個術式的懷錶，還有排列在周遭的大量史塔特金幣。

那些金幣在震動。

多半是艾梅洛Ⅱ世已來到很接近的地方，正使用撿到的史塔特金幣想尋找他的所在地吧。

不過，哈特雷斯也並非沒有發覺對方撿走了金幣。

既然對方透過金幣的路徑（Path）來搜尋他，哈特雷斯當然也做得到同樣的事。哈特雷斯打算用這些金幣，當成艾梅洛Ⅱ世萬一追上來時的保險。

現在便是那個萬一發生的時刻。

手指撫摸金幣表面，他開口說道：

「這是我所能做到的，最後也是最大的干擾。」

話聲顯得疲憊不堪地落下。

就像魔術師也正在經歷偽裝者此刻所體驗的龐大時間。

「或者說……是我掉入的最後一個陷阱嗎？」

聲音與魔力，在扭曲的光芒空間中擴散開來。

「晚安……艾梅洛Ⅱ世。」

紅髮的魔術師這麼說著，閉上睜開的那一隻眼睛。

*

我們靜靜地、靜靜地滑翔著。

把魔力消費保留在最低限度，用盡全力在虛無之穴內潛行。

就連在冠位決議上揭曉的幾件事帶來的震撼，對於現在的我們來說都比空想更加薄弱。因為迅速充斥在胸中的漆黑事物，覆蓋了一切。

也就是恐懼。

若是現在，我可以斷言我們來自何處。

我們誕生自這片漆黑沉重又無可救藥的空白。比起黑暗更為昏暗的深淵，正是搖籃。簡直就像孤身一人被拋進了宇宙的真空中。幾乎要凍死的並非肉體也非精神，而是遠遠更加重大的靈魂的問題。

我們緊貼著洞穴壁面，慢慢地持續滑翔。

我看見了幾個橫洞。

其中一個多半會通往哈特雷斯的所在地吧。

老師的臉色已經蒼白到發灰，壓抑著顫抖凝視手邊的金幣。有些人應該會責怪他的反應很難看，有些人應該會感嘆他很可悲吧。不過，在同樣置身於恐懼漩渦內的我眼中看來，在如此強烈的恐懼中還能用行動盡最大的努力，這更加鼓舞我，如星辰碎片般珍貴。

「就快到了……就快到了。」

我把呢喃極力壓抑到最小聲。

我和老師都沒有勇氣注視洞穴深處。

從對方（野獸）的角度來看，我們應該是芥子程度的存在。作為存在的等級相差太遠了。這就是所謂的次元不同。那是位於靈墓阿爾比恩更深處、古老心臟更後方的另一邊法則的體現。就像老師差點脫口而出的，神話中會存在冥界的獵犬，不就是因為人類無法遺忘那頭野獸的存在嗎？

一絲惡臭隨風飄來。

音量明明絕不算大，嘶吼聲卻擠壓著整個虛無之穴。

光是清楚地意識到那股氣味或嘶吼，我就幾乎暈厥過去。光是調動所有意志力將意識拉開，我便耗盡全力。

緊握住金幣的老師目光搖曳。

「格蕾……！」

他以動作示意，就是那個橫洞。

有短暫的一瞬間，我感到希望之燈亮起。

正當此時——

三顆頭顱——六隻眼睛中的一隻，轉向我們。

………

時間消失了。

靈墓阿爾比恩的怪物（野獸），什麼也沒做。

牠僅僅注視過來。既不是魔眼也不是邪眼。然而，作為存在的差距壓碎了我的靈魂。

我的指甲與骨骼與皮膚與肌肉與肺與胃與心臟與脊髓與血管與大腦彷彿全被一次捏碎。

呼吸停止。

血流停止。

每一個細胞都像打從一開始就是石頭般停止不動。

不知是誰說過，恐懼是源自於未知。那個說法一定有一點出入。不是因為不知道，而是不可能知道。面對莫大無比的存在，我的認知傳感器（Sensor）全部超出顯示範圍，比主人早一步選擇了自殺。

啊啊，那個說法是多麼正確。

「老……師………」

當然，老師也處在同樣的狀態。

「他『誘導』了……視線……」

他喘息般地說道。

宛如臨死前在水中溢出的吐氣。

「果然……哈特雷斯……那傢伙持有的『魔眼』是……」

在意識中斷前，我總算理解了。

——總之——

即使做了那麼多的準備，我們還是小看了靈墓阿爾比恩。

4

不久後，菱理露出佩服之色微微頷首。

「真虧你們查得到。」

「我的兄長——艾梅洛II世，好像從一開始便覺得不對勁。他認為只有一個人姓氏不明，可能是因為只要知道姓氏，就會突顯出某種特色。」

因此，他似乎認為庫羅隱瞞了姓氏。

雖然我也有類似的思考方式，但兄長的思考方式比起事物更以人當作基準。應該說更貼近對方嗎？

在這個情況，他好像對庫羅這名弟子與化野菱理雙方都抱著疑問。

「在魔眼蒐集列車的時候也是如此，妳積極參與案件的程度，已超出純粹執行法政科職責的範圍。雖然妳說那是因為哈特雷斯與妳都是諾里奇的養子，老實說，諾里奇還有很多其他的養子。我不認為這是妳那麼執著於哈特雷斯的理由。」

「我沒有說謊吧。」

菱理的微笑，帶著惡作劇的味道。

「那是因為從當時開始，如今的哈特雷斯就很有可能是我的親兄長。啊，即使說是親兄長，但我們是同父異母的手足。聽說我的父親以前拋下剛出生的孩子和第一任妻子，獨自從靈墓阿爾比恩生還了。」

「令尊曾是生還者嗎？」

「呵呵，他好不容易才湊足一人份的錢離開，實力應該沒什麼大不了的。儘管是為了延續作為魔術師的命脈，妳不覺得實在很愚蠢嗎？」

菱理顫動振袖和服下肩頭發笑。

「哎呀，受到拋棄妻子的打擊，據說父親來到地上後心灰意冷。結果在新娶的妻子生下我後很快就死了，拜此所賜，在諾里奇收我為養子前，我吃過不少苦頭——至於兄長，大概也不想使用自己的姓氏吧。」

女子以反倒顯得爽快的口吻痛快淋漓地說。

我難掩心頭的意外感。

但試著一想，她的行動中有著暗示。她說自己是諾里奇的養子，卻使用原本的化野姓氏，恐怕是為了尋找兄長。她會進入法政科，說不定也是出於類似的心理作用。

我深深吸了口氣，向她發問。

「妳是從何時開始發現那個可能性的？」

「或許如同妳想像的一樣，是在我進入法政科一陣子之後。很遺憾的是，當時哈特雷斯與庫羅都已失去蹤影。」

兩人在十年前失蹤。

考慮到菱理的年齡，事情可以對得上。

「那麼，妳知道庫羅的祕密嗎？」

「是的。雖然是我的推測。」

菱理輕撫著眼鏡腳架說道。

「不過，我和兄長不曾實際見過面。這方面請和兄長在阿爾比恩組過隊的隊友來說明，不是更好嗎？」

她的眼眸，像鎖定獵物的蛇一樣盯住某個人物。

當然，那是阿希拉。

褐膚女子的眉心，浮現與她在冠位決議上現身時截然不同的苦惱。

「……庫羅……」

她說到一半，話語一瞬間頓住。

「庫羅……的確……擁有某種異能。他有一種才能，能夠找出往來地上與靈墓阿爾比恩所需的不穩定臨時裂縫。」

「哦……」

盧弗雷烏斯滿是皺紋的臉龐皺得更深了。

一做出那種表情，原本就散發不祥的君主，看來更像個老奸巨猾的惡魔了。

「他並非……從一開始就有這種能力。只是，有一天在發現裂縫時，他的那種才能萌芽了。」

「在發現裂縫的時候？」

當我發問，阿希拉帶著一絲猶豫點點頭。

「不是探索者的人幾乎都不知情，阿爾比恩會以一定的頻率出現裂縫。只是，庫羅碰到這種裂縫的頻率非常高。他本人對此覺得很難為情，我試著問過他為何找得到這種東西，他說自己也不太明白，但感覺就像拉出一根繩子一樣。」

「這是一種魔眼。」

菱理開口：

「我聽說這是偶爾會在化野家系中發現的才能。找出成對事物的魔術——與其這麼說，更適合稱作尋找失物的咒術嗎？」

……啊，果然是這樣嗎？

當然，若是缺少這些部分，整幅拼圖就不會完成。

那種魔眼在等級上大概不高，和我經常對魔力反應過度的魔眼一樣。然而，庫羅的魔眼碰巧適合靈墓阿爾比恩。如同菱理剛才所說的一樣，雖然稱作魔眼，應該更接近遠東當地的魔術吧。

這時，橙子插話：

「原來如此，化野的魔術是源自於蛇嗎？」

「正是如此，怎麼了？」

菱理回答。在以前的案件中，我也目睹過幾次菱理的魔術，的確與她本人一樣，給人強烈的蛇的印象。

「不，因為蛇與尋找失物很有緣。特別是祈求蛇找到遺失財物這一類的事。一方面是因為古代的人將蛇的頰窩器官等當時未知的能力神聖化了吧……而且，蛇是近似於龍，有時被同等看待的存在。」

橙子連連點頭，彷彿在說她明白了。

「既然如此，越熟悉這片土地，庫羅的異能越會得到更大的發展。這等於名叫庫羅的蛇之魔眼，逐漸與亡故之龍的視野同一化了。」

「哦，我的弟子是不是想到了什麼？」

依諾萊瞥了橙子一眼問道。

橙子僅僅聳聳肩。

「不，我是覺得非常巧妙。我在各方面都心服口服。」

我也不清楚那番話裡包含了什麼。

由君主與冠位魔術師組成的師徒。鐘塔雖大，能與其相比的組合卻很少見。同時，她們一方是推薦將弟子列入封印指定名單的魔術師，另一方是擺脫了封印指定，在塵世流浪多年的魔術師。

（……算了，思考這個也是白費力氣嗎？）

姑且不提政治上的部分，試圖在魔術方面與這兩個人競爭也沒有用。那種無益的努力，就等兄長歸來後交給他去做吧。

正當我要切換思路之際，阿希拉開口：

「不過，萊涅絲大人的主張有明顯的錯誤。」

「什麼？」

我感到心頭一驚。

我有種不該出現的預感，我一路拚命走過來的繩索被扯斷了。

「……這是怎麼回事？」

「…………」

猶豫了幾秒鐘後，阿希拉再度開口：

「非常抱歉，爸爸——是我……是我們擅自做了這件事。」

她先向麥格達納道歉。

然後——

「萊涅絲大人，正如妳所言，我們打從在靈墓阿爾比恩組隊時開始，就跟地上有聯繫。」

「那麼……」

不行。

我只有不好的預感。

她事到如今承認了這一點，這代表……

阿希拉停頓一會兒，如此切入話題。

「不過，我們十年前下手殺的人並非哈特雷斯，而是庫羅。」

我一瞬間聽不懂她說了什麼。

感覺好像纏鬥到接近最後一回合時，被對手抱著平手覺悟揮出的交叉反擊拳打中。

這樣一來，我的主張的確從根本上就不成立。然而，我從她的表情察覺，這並非無奈之下找的藉口，對方也是出於痛苦的判斷才坦白。

「……為什麼？」

「因為在十年前事件的動向中，哈特雷斯有可能會太過成功。而且，即使不是君主，一次失去兩名主要學科的學部長會引發太大的混亂。」

聽到阿希拉的話，我不禁很想仰望天花板。

發生在十年前，撼動鐘塔的事件。

那不是只有一件事嗎？

「總之……是因為上一代的艾梅洛閣下去世了吧。」

「……正是如此。」

啊，可惡，她會這樣想也理所當然。

實際上，上一代的艾梅洛閣下——我的義兄肯尼斯的死，在鐘塔掀起一陣大亂。因為艾梅洛被拉下來趕到現代魔術科，梅爾阿斯提亞派獨占了考古學科與礦石科兩個學科，我應該稱讚當時的阿希拉想法極其正確吧。

要不是哈特雷斯在那個時機隱匿行蹤，比起由梅爾阿斯提亞獨占兩個學科這種異常狀況，情況發展成由哈特雷斯坐上礦石科學部長的位置，應該更加自然。

「妳認為殺害哈特雷斯的左右手庫羅，可以阻止他向上躍升？」

聽到我的問題，阿希拉語塞半晌後點點頭。

「沒錯……正是如此。」

「但是，你們得到了在某種意義上與預想相反、在某種意義上超乎預期的成果。失去左右手的哈特雷斯不只失去在鐘塔的地位，更直接失蹤了……就是如此。」

那是任何人都沒想像到的成果。

心臟正怦怦狂跳。怎麼回事？我搞錯了什麼？明明想立刻找兄長商量，他卻直到現在都還沒回應。發生了什麼事？邏輯是不是不一致？在這個最後關頭，我在一頭霧水之間被對手扭轉了什麼關鍵嗎？

「雖然話題的走向有些超乎想像，但到此結束了嗎？」

麥格達納發問。

他以只能說真摯無比的態度頷首。到目前為止幾乎不曾插話的民主主義派之首的發言，就像法庭上敲擊法槌的聲響。

「當然，小女的罪狀顯而易見。既然她曾奪走哈特雷斯博士的弟子，那就必須準備相等的賠償吧。」

（……失手了，沒逮住她。）

到了這一步，我的腦海中充滿絕望。

如果他們殺了作為學部長的哈特雷斯，就算是在並不適用法律的鐘塔，也可以當成嚴重的問題提出譴責。

然而，既然下手目標只是一介弟子庫羅，只要交出身為主犯的阿希拉事情就結束了。鐘塔在這方面的倫理觀類似於黑手黨的仁義觀點。以眼還眼，以牙還牙，這意味著沒有必要支付相等以上的代價。

聽到君主承認此事，依諾萊拋出話題。

「你所說的相等的賠償是怎麼回事，麥格達納？」

「我說過，她是『我』的女兒。那麼，這就是我犯的錯。」

麥格達納承認。

他把壯碩的拳頭放在膝上，低下頭去。

「不管是她獨斷行動，還是受我指使都一樣。因為她是我的女兒，我當然會負起全責。我全面承認這個錯誤。」

「…………！」

這也是我意想不到的發展。

他作為魔術師的氣概，與對女兒的愛，都是真實的。

不管他構想著多麼毒辣的計畫，那些因素都絕非虛假。正因為如此，這名君主才令人畏懼。

覺得很有趣的依諾萊抬了抬下巴。

「哦，責任呀。那具體上的做法呢？」

「哈特雷斯的現代魔術科（諾里奇），現在是由艾梅洛派負責經營吧。那麼，我會把這次的冠位決議投票權委託給艾梅洛派。」

「什……！」

那句話讓我驚訝得張口結舌。

這與世俗社會的思維截然不同。

他絲毫沒有對個人給予補償的意思。他秉持的理論是，就算死亡的是哈特雷斯的弟子，受害的是哈特雷斯，只要他身為鐘塔的君主，就應當以派閥對派閥的形式償還債務。

「哎呀，如果不需要我就收回了。」

這是怎麼搞的？

明明已將對方的罪狀擺在眼前，現在被逼到困境的人卻是我。

當然，這份補償以條件來說有利得多。然而，他委託給我自由處置的權利之沉重，壓倒了我的精神。

「那哈特雷斯的共犯那件事……怎麼樣了……？」

這次換成盧弗雷烏斯發問。

「依照剛才的談話內容……共犯就是這個大蠢蛋吧……！這傢伙竟然把創造為魔術師而存在的神靈這種荒唐計畫……稱為好主意……」

老人毫不掩飾敵意，越說越激動。

相對的，他瞪視的麥格達納誇張地聳聳肩。

「哎呀，我的確說過那是個好主意，但單憑這一點認定我和哈特雷斯是共犯也太牽強了。基本上，依照先前的談話內容，企圖削弱他的力量的人可是我的女兒。而且，老先生你不是說過，就算哈特雷斯死了一兩個弟子也與我等無關嗎？」

會議的攻防進一步加快速度。

為了呈現現場的優勢與劣勢，肉眼看不見的天秤頻繁地不斷傾斜，一瞬也不停歇地持續晃動。

我必須在這個情況中找到最佳的做法。

（……你說過會阻止哈特雷斯吧，我的兄長。）

我想到失去聯繫的兄長。

路徑仍然是相通狀態。兄長也有可能在幾秒鐘後死亡，要賭一把就是現在了。因為我在此刻體認到，不冒險是無法在這場會議贏得勝利的。

「……請容我確認一下。」

我向阿希拉提議。

「確認什麼呢？」

「妳跟麥格達納有聯繫，知道庫羅的異能並誘導了他。或許，妳一開始打算邀請他投向麥格達納，不是嗎？」

「……正是如此。」

阿希拉有些猶豫地回答。

她應該是在意養父麥格達納的反應吧。

「但出於幾個巧合，他與哈特雷斯產生了聯繫。我說得對嗎？」

「這一點也沒錯。」

面對表示同意的阿希拉，我拚命地動腦思考。

我用上全力，從腦海中拉扯出已碰觸到的思考契機。

（……如果兄長的推理是正確的……）

此刻的我，並未聽過兄長所有的想法。因為兄長的推測在這個階段也尚未完成。我們本來應該看著會議的進展同時逐步整理情報，兄長卻從方才開始就斷了音訊，使我面臨困境。

（……那麼，只能這樣出招了。）

我吸了一口氣。

再模擬了三秒會議未來的情況後，我如此宣言。

「我在此放棄尋找哈特雷斯博士的共犯。」

「咦……！萊涅絲，妳在說什麼呀！」

奧嘉瑪麗雙眼圓睜。

我也有同感。

哪個世界會有在接近結局時放棄推理的偵探存在呢？不，在作品繁多的推理小說中想必出現過這種情節，但這不是大部分讀者與觀眾所期待的正統風格。

正因如此——

「我再重複一次。我在此放棄尋找共犯。」

「把局面打亂到這個地步，卻要放棄？妳的行動相當任性又有趣啊。」

依諾萊說道。

她的弟子橙子則捂住嘴角。

啊，她正按捺住隨時可能笑出聲的衝動，迫不及待地等著我的下一步吧。就像在看電影般，她觀察著當推理秀演到最後，冠位決議會走向何處。

那麼，我就放手去做，讓她看得滿意吧。

「我有另一個提案。」

我提出：

「特蘭貝利奧說過，要將投票權委託給對吧。」

「嗯，我的確這麼說過。」

確認麥格達納頷首之後，我繼續打出底牌。

「那麼，連同特蘭貝利奧的權利在內，艾梅洛派『放棄冠位決議的投票權』。」

「……妳……！」

這一次，盧弗雷烏斯的眼睛瞪大到眼珠都快掉出來了。

坦白說，我還以為心臟會因為詛咒停止跳動。

既然成為君主，單憑一種情緒就讓魔術成立也不足為奇。我把差點令我發出叫喊的恐懼塞進腹腔，繼續說道：

「所有人都這麼做就行了。」

我勉強擠出聲音，緩緩地發言。

「當成這場會議沒有發生過。」

「當成……冠位決議……？」

「冠位決議的消息，本來便只有君主與一部分相關人士才會知道。只要我們全體放棄權利，堅稱沒有這場會議就沒問題了。」

這是我設為目標的終點。

找出所有人的弱點，藉此要求他們放棄優勢，作為了結。

（對於貴族主義而言，可以達成阻止阿爾比恩再開發計畫這個大目標；對於民主主義而言，可以抹去君主之女殺了學部長弟子這個汙點。）

若是現在，若是這個瞬間，大家應該能夠以此達成妥協。

再加上，將投票權委託給橙子的中立主義，在這場會議上沒有非得死守不可的條件。

「沒想到妳會這樣出牌。」

依諾萊笑得搖晃肩膀，如此說道。

創造科（巴爾耶）的老婦人，即使在這場會議上依然保持著獨特的定位。不同於麥格達納的霸氣、盧弗雷烏斯的狡猾，那也是另一種君主風度吧。

「不過，真好奇共犯是誰。」

「關於這一點，我想兄長會告訴應該告訴的對象。」

「應該告訴的對象？話說，妳打算怎麼處理哈特雷斯的術式？」

麥格達納在此時插口：

「按照妳的說法，哈特雷斯博士的術式不是隨時可能啟動嗎？一旦啟動了，就不可能把冠位決議當作沒發生過喔。」

「所以，我的兄長為了阻止這件事，正潛入靈墓阿爾比恩。」

當我這麼回答，盧弗雷烏斯將拐杖往地上一敲。

「那個……新世代的……君主……嗎……」

「這意味著，他正在攻略阿爾比恩？但妳剛才提到，哈特雷斯要在這個古老心臟舉行儀式吧。他怎麼可能抵達！」

奧嘉瑪麗會產生疑問也理所當然。

因此，我老實地坦承。

「兄長已經潛入古老心臟附近了。」

「哎呀。那位先生還是老樣子，不知恐懼為何物呢。」

這句話不知有幾分是認真的，菱理淡淡地露出微笑。

我不知道屬於法政科的她有何想法。才聽到我揭露哈特雷斯就是她的兄長庫羅，又聽到庫羅已經死了……這位遠東美女的內心，此刻到底搖曳著什麼樣的感情呢？

當然，深入到古老心臟的兄長目前失去音訊，但我說他已經抵達古老心臟附近並非謊言。

「不過，妳的意思是艾梅洛Ⅱ世阻止得了哈特雷斯博士？」

「當然可以。如果我無法信任兄長有能力做到這種程度的事，用艾梅洛之名封印他便沒有意義可言。因為換成上一代當家肯尼斯，應該可以輕易地阻止哈特雷斯。」

嗯，我在睜眼說瞎話。

可惜這一招似乎對菱理不管用，但這裡就讓我堅持到底吧。對了，我當然信任格蕾喔。

「這裡不是政治場合嗎？因此，我們來堂堂正正地進行政治磋商吧。這就是我的來意。」

「很不錯的詭辯。」

依諾萊悠然地頷首。

她緩緩地望向身旁低語。

「麥格達納小弟弟，反正你不打算改變委託投票權的主意吧？」

「那是當然的，依諾萊女士。」

「那麼，三十分鐘。」

依諾萊抬起手指。

她取出懷錶，放在圓桌上。

「既然妳說艾梅洛II世已經潛入附近，在他阻止哈特雷斯之際，妳應該會知道情況吧？那我們只等個三十分鐘吧。」

「……既然有艾梅洛與……特蘭貝利奧的投票權……我方……沒有道理特地讓步……」

「喂喂，降靈科（尤利菲斯）。艾梅洛的公主可是說了要放棄。我們彼此最好都不要沒必要地意氣用事吧？」

依諾萊眨眨眼，牽制盧弗雷烏斯。

在這次的冠位決議上最年邁的兩人互不相讓。我總覺得他們的血管裡流動的不是血液，而是從權力萃取的精華。當然，我也沒有資格說別人吧。

就在那時——

魔力的流向忽然發生變化。

我和兄長之間即使沒有聯絡仍勉強維繫著的路徑，突然切斷。

（——兄長！）

我用盡全力才壓下驚呼。

那個斷絕，簡直就像死亡的宣告。

✦ 第五章 ✦

1

每過一秒，就經過好幾個小時。

一分鐘加速為數十天。

一小時進一步加速到數十年之久。

矛盾的時間，是哈特雷斯準備的封印指定術式所創造的。那原本是在固有結界內製造時間差，觀看宇宙（天空）盡頭的魔術。如今則是加速她達到神靈領域的火箭。

偽裝者在時間的搖籃中搖蕩。

漫長地、遙遠地、無盡地。

經歷任何人類都不曾真正親身感受過的時光。

儘管如此，那股形成她的基礎的憤怒並未改變。

（……為什麼，留下那種遺言？）

（……為什麼，把那種遺言當真，互相殘殺？）

（……為什麼，我未能活到那時候阻止他們？）

一再重複的自問自答，已經超過數百萬次、數千萬次。

每一次，怒火都竄過由以太構成的血管，使她的大腦為之沸騰。

偽裝者不清楚，自己能夠忍受無數次的重複過程，是否是身為使役者之故。當然，由於肉體會腐壞，若在生前應該不會經歷這麼多次吧。或許是因為主人發出的令咒固定了她的精神，她才得以忍受近似無限的時間。

只是，那裡有唯一一個生前不存在的事物。

一名一直宛如祈禱般仰望著她的男子。

從偽裝者的觀點來看，他已持續向自己祈禱了一百年以上。她覺得很滑稽，同時——心頭又有一絲觸動。

（……笨蛋。）

她心想。

（你明明不用露出那種想哭的表情。）

什麼哈特雷斯（Heartless），是誰取的綽號呢？

如果是他本人取的，他實在太不了解自己了。偽裝者並不知道，原來男子的感情如此豐富。不，以相處的時間來說，沒有人比他跟她相處得更久就是了。

以現實而言，他們共度的時間是短短的兩個月左右。

偽裝者單方面注視著他的時間，已長達一百多年。

這一百多年中——對哈特雷斯來說大約是兩小時——他除了眨眼之外不曾轉開視線，持續地祈禱著。

還動用令咒祈求，希望她忍耐下來。

「…………」

他說信仰會使偽裝者成神。

僅僅來自於一人的信仰，已經傳遍這具身軀。

當然，哈特雷斯為此準備的許多觸媒和靈墓阿爾比恩內充盈的魔力也是重要因素，不過決定指向(Vector)的，還是他非常真摯的信仰吧。

至於他的出發點是——

（——對「你」而言，那件事就是如此重要吧。）

既然這樣，好吧。她心想。

她至少看得出來，他對自己還有所隱瞞。就算如此，他都為她祈禱了兩百年，要她受騙也無妨。比起如此懇切的祈禱，什麼真相不是優先事項。

（……要我為了你，成為愚蠢的神也無妨……）

偽裝者非常安靜地這麼思考著。

時間加速。

兩小時為一百多年。

三小時……超越千年。

隨著神靈狀態變得穩定，她的認知逐漸擴張。

姑且不論英靈，對於直接連結著根源之渦的神靈而言，時間無法成為決定性的距離。

因此，她存在於現在，同時注視著過去的那個瞬間。

這並非過去視，而是更無處不在的觀點。直到作為神靈的靈基再度縮小為境界記錄帶規格前，她的知覺有短暫的一瞬近乎萬能。

當然，是有限度的。

即使她能認知到所有時空，可以演算的範圍上限也受限於作為神靈的規模。即將從偽裝者再臨的她，才剛剛成為神靈。能夠演算的座標，僅限於跟自己有一定緣分的地點。

就算如此，正因為如此，此刻的她注視到了。

伴隨著一絲驚訝。

（這樣嗎……）

她理解了。

（原來是這樣嗎……你……）

注視到唯一一名信徒的真相。

同時，也注視到另一件事，與自己唯一的信徒關係密切的另一個命運。

（未來……）

她心想。

（「未來之王」……來了……！）

2

那是黑暗。

一旦被那個(野獸)盯著，人只能變成那樣。因為，那個是死的前兆。是已經從人理版圖剝離的，消滅的象徵。

逐漸消失。

逐漸消失。

我感受到，從前名叫格蕾的人類的所有歷史正在逐漸消失。怪物(野獸)莫大到不可能留下那種殘渣。

（…………）

破碎。撕裂。逐漸融化。

光是被坐鎮靈墓阿爾比恩的野獸看見，我便漸漸解體。

『——問。』

……啊啊。

然而。

聲音響起。

應該絕不可能傳來的聲音響起。

『——試問。』

那並非實體發出的聲音。

聲音來自遙遠的遠方，比地球另一頭更加遙遠。不過，是透過靈脈（Ley Line）相連結之處。

『——試問，你就是我的主人嗎？』

我全身正在吶喊，有人在那個國家締結了契約。

一股驚人的活力充滿整個身體。

簡直像每一個細胞都被替換成完全不同之物。大幅超過人類這種容器容許的極限，從靈魂深處湧上的能量，搖醒了我應當已經死亡的意識。

（……啊啊。）

我回想起來。

在夢中，凱爵士告訴我的話語。

——「妳會被拉進來——啊，是因為『那傢伙』接近了這邊嗎？」

原來那句話是這個意思嗎？

那麼，他的另一句話呢？對我而言，難以逃避的命運是什麼？

——「了結的時候就快到了，但那個命運對妳而言或許很嚴酷。」

全身直到指尖彷彿都在燃燒。

呼吸就像變成幾千度的火焰，在體內竄流。

比平常多出十倍的資訊量傳入我張大的眼睛裡，經過活性化的大腦完全地接收了那些訊息。

我任憑能量迸發，將魔力流向背上的禮裝。自從變成單純的自由落體後，到底經過了幾秒？老師說過，時間地點在此處都很模糊，按照他的說法，在我死去的期間，時間或許也停止了流動。

我看見在我的正下方墜落的老師。

「老師──！」

呼喚沒有得到反應。

要是繼續被怪物注視下去，老師就會死。

人類無法承受如此龐大的怪物的認知。他只會和先前的我一樣，連靈魂都被粉碎，回歸於無。

「喂，格蕾！妳在猶豫什麼！」

刺耳的尖叫聲從右肩的固定裝置響起。

「亞德。」

「解放吧！現在妳做得到吧！」

我不必問，也知道那個意思。

受到令人難以置信的猛烈魔力支援，戰慄的我像頭小鹿般驚慌。

「我……」

「打飛牠，格蕾！」

「可是，你會──」

「既然離開了那個故鄉，妳必須抬頭挺胸地活下去吧！」

我從前唯一的朋友發出的喝斥，直擊心房。

我傾注所有感情，高舉右手。舉起的匣子在一瞬間分解化為光之槍，在我的頭頂盤旋。

「Gray（昏暗）……Rave（喧鬧）……Crave（渴望）……Deprave（誘人墮落）……」

我唸出自我暗示的咒語。

即使如此，我未能像平常一樣立刻進入恍惚狀態。在故鄉的墓地，那位貝爾薩克．布拉克摩爾教導給我的祕法，唯獨在此時此刻沒有順利生效。

即使如此，我繼續挪動嘴唇。

按照他教過我的語句唸誦著。

「Grave（雕刻）……me（在我身上）……」

「——擬似人格停止。魔力收集率突破規定值。開始解除第二階段限制。」

亞德的聲音，切換成平常的自動語音。

將人格停止，盡情地吞食周邊的大源。亞德逐步吸收著靈墓阿爾比恩與地上相異的魔力。

「十三封印（Seal Thirteen）解放——圓桌決議（Decision）——」

（——不行——！）

我用盡全力阻攔。

在瀕臨解放的邊緣，繼續維持那把聖槍的封印。

「Grave（挖掘墓穴）……for you（為你）……」

應當解放的魔力倒流至我的魔術迴路，撕裂周邊的肌肉，右肩噴出鮮血。如果沒有剛才湧入的「力量」，這個傷或許就會讓我喪命。

我感受著右手滴落的溫暖鮮血，說出那把槍的真名。

「——閃耀於（Rhongo）——」

啊啊，我第一次抱著如此絕望的心情說出槍名。

狂暴無比的光芒包覆右手。維繫世界之錨。終焉之塔。包含許多概念的古代魔力轟隆咆哮。在神祕變得稀薄的現代應該無法存在的對城寶具，在此解除封印重現。

「——終焉之槍（myriad）——！」

射出的光之槍，讓虛無之穴有短短幾秒鐘充滿了光輝。

光輝燒灼空氣的分子，連同周遭的魔力一並徹底掃蕩——然後……

——然後，槍身傳來細微的異響。

我的聽覺確實捕捉到那從破壞規模來看，應該絕對聽不見的微弱聲響。我的聽覺捕捉到了。

那是決定性的損傷。

我十分清楚。

那就像心臟破裂。是不管再怎麼修理其他部分也無法彌補，無計可施的創傷。我想像著玻璃之城粉碎的畫面。我是何等深愛過那座再也無法復原的城堡呢？

強烈的光芒逐漸在黑暗中消失。

就連這個寶具，都無法傷及棲息在深處的野獸──我心想。

只是讓牠轉開目光而已。

不過，這樣就夠了。

我緊抱住正在墜落的老師，直接滑進橫洞。

＊

進入橫洞後，我無力地跪倒。

「好痛……！」

我覺得身體內部正隨著刮擦聲被削割下來，重新組成骨骼與肌肉。

感覺就像放大一百倍的生長痛吧。我每一秒都在逐漸轉變成不是我的事物。啊，因為我的外在（表面）和她一致，現在被轉變的，是與神祕相連的內在（核心）。

身體長出不屬於我的臟器，被嵌入不屬於我的基因。

腹腔彷彿被灌注岩漿，每次呼吸都會產生無法控制的魔力。

不過，那種事無關緊要。

我有一個必須盡快呼喚的對象。

「……亞德！」

「喔。」

回應聲響起。

他的聲音和平常一點也沒變，卻帶著無從消除的疲倦。

「妳幹嘛用那種快哭的語氣說話啊？」

「……沒有、沒有。」

我搖搖頭。

我察覺了。我已經察覺了。

不管他再怎麼試圖隱藏，身為使用者的我都感應到了。

我已經察覺，亞德只是暫時以奇蹟般的極限維持著能夠說話的形態。如果解放了十三封印，此刻這個奇妙的匣子就會消失得無影無蹤了吧。

一旁傳來坐起身的氣息。

「……格蕾……」

老師以趺坐在地上的姿勢，表情十分僵硬地注視著我們。

不知道該說些什麼才好。

他露出那樣的表情。

有時候，我覺得這個人真的很愚蠢。這明明一點都不是你的錯啊。

我和好友都想過可能會發生這種情況，而來到這座迷宮後果然發生了，只是如此而已。如果處在相反的立場，老師明明會講出「妳以為不必付出任何犧牲就能解決事情嗎，笨蛋」這種話。

「老師。」

所以，我「故意」弄錯。

我回答起這個人沒有問的問題。

「遠東的第五次聖杯戰爭，大概召喚了最後一名使役者。而且是與我有緣的——」

我沒辦法把「亞瑟王」說出口。

儘管如此，這個人領會了我的意思。

「……妳的故鄉，相信那位英雄會重返吧。曾經為王，也是未來之王。」

我那以前在阿特拉斯院院長監視下的故鄉，盲目地相信亞瑟王即將受到召喚。

而他們的祈禱，在這裡傳達到了。即使已經不具有意義。

「……我又在轉變了。」

像十年前一樣。

像失去從前的臉孔時一樣。

今後的我，將會變得如何呢？

接著，老師像下定決心般垂下目光開口：

「亞德，你……」

「喂喂，別露出那種陰暗的表情啦，老師！不，你平常都是那種表情嗎？失禮啦，咿嘻嘻嘻嘻！」

聽到亞德的聲音，老師的嘴唇泫然欲泣地顫抖著。

這個人一定是從十幾歲時開始就露出這種神情吧。如果現在不是這樣，那只是他的演技進步了。

「格蕾……」

「沒關係的，老師。」

我用盡全力揚起嘴角。

即使僅在此刻做到，我對成功露出微笑的自己感到一絲驕傲。

「非常抱歉，我好像有些累了。可以請老師先出發嗎？」

「……我知道了。」

老師點點頭，起身邁開步伐。

當然，既然哈特雷斯在等著我們，我必須馬上追上他。幸好，這具身體內到現在都還沒有停止湧出活力。倒不如說，那股能量的質與量都正令人畏懼地持續提升著。

在還能從呈一直線的橫洞看見老師的背影時，我發出呢喃。

「……可以聽我自我陶醉一下嗎？」

「請儘管吩咐，大小姐。」

亞德的玩笑話讓人心痛，又很悅耳。

這個總是充滿諷刺的聲音，鼓勵了我長達十年之久。如果沒有他，直到老師造訪故鄉為止，我會過著什麼樣的生活？不，我能夠活著嗎？

所謂的活著並非只是身體在活動而已，這件事我不是從他那裡學到的嗎？

「……我們是一對非常、非常誠實的二人組呢。」

「……我也這麼認為。」

我有多久沒聽過匣子不帶任何諷刺的話語了？

我們花了十年才走到這裡。

「抱歉啦，慢吞吞的格蕾。我要睡一會兒。」

「……好的。」

我點點頭，也站了起來。

右手的匣子變化為死神鐮刀，但不再傳來亞德的聲音。

我將或許再也無法聽到他說話的念頭封印起來。我現在應該思考的，是千里迢迢來到這座迷宮的目標。不論我或亞德，都想過為此燃燒殆盡也無妨——我們立誓過的終點。

我按住腹部。

「……好痛……」

我還能支撐多久呢？

我還能作為灰色(Gray)到什麼時候呢？

我一邊感謝朋友即使如此也留下了死神鐮刀的形態讓我得以戰鬥，一邊迅速追向老師的背影。

＊

「喂，剛剛的光芒是——！」

「她大概動用了那把槍。」

露維雅回答富琉，目光依然盯著敵人不放。

漆黑的戰車。

在骨龍牽引下飛行於虛空的魔天車輪。

「他們到底碰見了什麼來著？總不會是偽裝者在寶具離身的狀態下攔住了他們吧。」

清玄開口這麼說。

這三名魔術師都從各自的立場看過那名少女的寶具。正因為如此，他們知道那道光芒會造成多大的破壞。那股威力足以炸飛整座城堡。

「我不知道。這裡是靈墓阿爾比恩，任何情況都有可能發生。」

「——露維雅小姐！」

隨著吶喊，清玄禮裝的翅膀翻飛。

他重踏附近壁面的動作，是天狗飛斬之法嗎？被他一把抱住的露維雅眼前的空間迸發紫電。聞著空氣離子化的氣味，露維雅遵照直覺拋出寶石。

「Call（覺醒吧）！」

七彩之光襲擊戰車，全數被彈開。

他們並非無法對戰車造成任何損傷。

依照萊涅絲的說法，蒼崎橙子就曾讓這輛戰車留下輕微的損傷。若是這樣，就代表戰車沒有絕對無法突破的神話時代防禦力。雖然越古老的神祕越強大，那始終是指相同性質、相同方向的力量。

舉例來說，露維雅的寶石魔術可以實現一般魔術不可能達成的蓄積。若是用在人與人之間流通，吸收過許多妄執的寶石，可以施展更加強大的魔術。哪怕面對這些骨龍，至少也足以造成損傷。

這意味著，威力不足以消滅它們。

（……果然，光是拖住戰車就用盡全力了）

露維雅冷靜地判斷。

每當戰車發動衝鋒(Charge)，珍貴的寶石就隨之粉碎，即使有富琉和清玄支援，也會消耗某些事物。

艾梅洛II世與那名寄宿弟子也一樣吧。

潛入阿爾比恩的深處，與哈特雷斯對峙，會讓那兩個人失去什麼呢？

（他沒有忘記我的禮物吧？）

她在胸中發問。

第一次相遇時，她覺得他是最差勁的魔術師。一個明明無法接近神祕的奧義，卻難看地不肯放手，膚淺的新世代。

可是，那名魔術師證明了自己的價值。

他竟然解體了露維雅的魔術，向她指示前進的方向。

（既然是這樣，你就設法解決這件事吧，導師(Tutor)！）

3

那裡是否適合當作最後的舞臺呢？

至少，我瞪大了雙眼茫然地仰望頂罩。

好幾道盤旋的光芒相連著，讓人想起神話中出現的世界樹。光從座標來看，這裡明明是深達地幔的地底，點綴在頂罩上的光芒卻宛如星空般華麗，簡直像置身於宇宙（天空）之中。

周遭有魔法圓和環繞其周邊的金幣、一副懷錶與銀色的手提箱。

「…………」

紅髮的魔術師佇立在魔法圓前。

他背對著我們，好一會兒沒有回頭。

我不知道在光芒中有什麼。

只是，魔術師認知到我們已侵入空間，卻沒有立即回頭，讓我覺得在光芒內有著那樣重要的事物。

「冠位決議的情況如何了？」

魔術師依然背對著我們開口。

老師也彷彿早已料到這種情況，自然地回答。

「依諾萊女士好像提出申請，會議暫時中斷了。時間大概還剩十五分鐘吧。他們好像會根據我能不能阻止你，來決定要不要把會議當作沒發生過。」

「……哎呀，這個變動嚇我一跳。」

「我也一樣。」

老師露出苦笑。

與萊涅絲恢復通訊後，他首先確認的就是這件事。

或許是已進入古老心臟的關係，雖然路徑一度切斷，清玄的情報共享魔術的精密度也大幅下降，但我也接收到了會議大致上的內容。

儘管如此，事情還殘留著幾個謎團。

我心想在見到他以前，謎團一定不會解開，所以沒有去問老師。

「這麼一來，在這段大約十五分鐘的時間內會決定很多事呢……艾梅洛閣下II世。」

當魔術師緩緩地回頭時，我忽然察覺，自魔眼蒐集列車以來，這只是我第二次與露出本來面貌的哈特雷斯面對面。

我們被這名魔術師要得團團轉的時間，與在現實中接觸的時間的差距。

哈特雷斯朝我們踏出一步，開口詢問：

「你來到這裡的目的是什麼？為了阻止我嗎？」

「當然，正是如此。」

老師肯定道。

哈特雷斯一臉不可思議地歪歪頭。

「為什麼？如果是你，應該已經查出了Whydunit。我意圖創造魔術師之神，而且還是神靈伊肯達。你應該沒有理由阻止我才是。」

「我一定是來確認這一點的。」

老師的話語流暢無阻。

就像先前一直一心思考過這場對話。

「……原來如此。」

哈特雷斯頷首。

接著，他露出討人喜歡的笑容繼續道：

「為什麼呢？我先前就覺得，哪怕是那頭野獸也阻擋不了你們。」

連閃耀於終焉之槍（Rhongomyniad）的力量都只能讓牠轉開目光，靈墓阿爾比恩最深處的怪物。

光是回想起來，我體內深處就湧上一股畏懼。

即使現在身體因為亞瑟王的召喚前所未有的活力高漲，我甚至無法去思考對抗那頭野獸的方法。

「十年前，你被那頭怪物吞食過吧。」

老師告訴他。

「…………」

哈特雷斯沒有回答。

「還是說你在更久以前的三十年前被吞食過，這種說法會更適合嗎？」

「……你已經推測出那麼多了嗎？」

紅髮的魔術師為難地綻開微笑。

那個表情和老師有一絲相似，讓我喘不過氣。為什麼，這兩個人有時給人的印象如此類似呢？

「……剛剛那句話，是什麼意思呢？」

「妳很快會知道。」

當我發問，老師微露苦笑。

「我有件事該做個確認。」

他先說出開場白後，重新向哈特雷斯問道。

「你的術式已經進入自動階段了對嗎？」

「沒錯，到了這一步，即使我死亡，術式也會持續運作。呵呵，你或許知道，這次的術式耗盡了我的積蓄。畢竟，我必須將使役者帶來這裡。我讓她發動過好幾次寶具，現在一無所有了。」

哈特雷斯說著望向銀色手提箱。

老師同樣將目光投向手提箱發問。

「手提箱裡原本裝的，是封印指定的魔術師與你儲藏的魔眼持有者(Holder)嗎？」

「哎呀。」

哈特雷斯抬起一邊眉毛，而不明白話中意思的我仰望老師。

老師緩緩地說：

「在魔眼蒐集列車上，我談過哈特雷斯把魔眼持有者連同頭顱一併保存的事情吧？」

老師的確談論過這個話題。

那是以魔眼蒐集列車為前提的事件。哈特雷斯調查遠東的第四次聖杯戰爭時所用的方法。

那不就是讓魔眼持有者的頭顱保持存活狀態，專注解讀其魔眼映出的訊息嗎？

「魔眼本身會產生魔力。正因為對魔術師來說，魔眼就像一種外接的魔術迴路，才會無論功能如何都被當成貴重物品對待。哈特雷斯燒掉了那些魔眼，當作維持使役者與大魔術的燃料。」

「……老師……！意思是說……！」

我不由得插口。

那麼，意思是說，那個手提箱裡本來裝著好幾隻魔眼——不，是魔眼持有者的頭顱嗎？哈特雷斯把那些魔眼持有者投入火爐，才得以打開通往靈墓阿爾比恩的道路，讓創造神靈伊肯達的大魔術成立嗎？

不過，老師並未觸及他的殘忍行徑，往下說道：

「剩下不到十四分鐘。我也想確認自己的想法是否正確，可以嗎？」

「請便。」

哈特雷斯催促道。

他們的談話，也像一對闊別多時的師徒。

正因為如此，我不禁感到心頭騷動。我總覺得老師踏進了不該踏入的地方。

「我一開始曾這樣推理……如今的哈特雷斯博士並非哈特雷斯博士，而是哈特雷斯十年前失蹤的弟子庫羅。」

那是萊涅絲在冠位決議上說過的推測。

會議從中段開始建立在那個推測上發展，又被阿希拉推翻。阿希拉表明，他們殺的不是哈特雷斯，而是弟子庫羅。

「原來如此。你說一開始是這樣，代表現在另有推測嗎？」

「是的。我一直覺得這個說法不對勁。」

老師承認。

「如果庫羅頂替了身分，哈特雷斯在許多案件幕後的行動實在太過巧妙了。我分析這次的術式後，也不得不感嘆真不愧是現代魔術科學部長的手筆。只上過幾年正式課程的弟子，不可能完成這種術式。」

「依照你的作風，應該也確認過庫羅的身世了吧？」

「你是指化野九郎吧。我當然也向化野菱理確認過那個部分。的確，化野家系以魔術師來說也有些特殊，不過使用的術式水準沒有高到足以和學部長相比。」

在冠位決議上，最令人驚訝的事實就是這個吧。

化野九郎。

哈特雷斯的弟子，居然是化野菱理的親兄長。

老師暫且擱置那個前提，把話題的矛頭一轉。

「哈特雷斯博士，我也見到了以前救過你的醫師古洛特先生。」

聽到老師的話，哈特雷斯的回應慢了一瞬間。

「……真虧你查得出那種事。」

「消息是我的朋友告訴我的。」

那句「朋友」裡帶著多麼沉重的分量呢？

亞托拉姆・葛列斯塔最後留下的錄影信件——我們與他的邂逅，絕非什麼能產生好感的情況。始終不改傲慢貴族態度的亞托拉姆與老師，也不算脾性上合得來。

就算如此，依然留下了某些事物。

那段交流，不是其中一方死去就會化為無物的。

「『將你的人生獻給最燦爛的事物吧』這句話，據說是他告訴你的。」

「對，正是如此。」

「他談論這件事時，中間摻雜了奇妙的話題。」

老師豎起手指。

「那位醫師說，他藏匿你的時候曾得過怪病，間歇性喪失視覺。」

古洛特先生的確這麼說過。

當時在一旁聆聽的我只想到原來世上還有這種疾病，但老師有不同的感想嗎？

「不過，據說在你碰觸他之後，那種怪病就痊癒了。」

「…………」

這一次，哈特雷斯的表情首度有所動搖。

老師立刻問他。

「這正是你『從神隱得到的異能』，不是嗎？」

話語在空間內晃動。

「你曾透過神隱獲得某種異能一事，在鐘塔眾所皆知。然而，沒有人詳細地知道那種異能的真面目。收養你的諾里奇卿或許知情，但那位大人不管出於任何緣由，都不會透露對養子不利的訊息吧。」

「……是的，諾里奇卿為人便是如此。」

哈特雷輕輕頷首。作為現代魔術科名稱由來的諾里奇卿，品格似乎高尚得足以獲得這兩人的認同。

不過，我很在意剛剛成為話題的異能。

「那是怎麼回事？在魔眼蒐集列車上時……」

在魔眼蒐集列車上，哈特雷斯的確發揮過像是得自妖精的異能。他不知從何處引來腑海林之子，阻擋列車的行進路線。

——「雖然和虛數屬性不同，我也做得到類似的事。用這顆心臟交換。」

我記得他應該這麼說過。

「正如哈特雷斯所說的一樣。相傳被神隱帶走的孩子會得到祝福與詛咒，但他得到的不是祝福，純粹是詛咒。那位醫師說，不管用什麼機器檢測都找不到你的心臟。在失去的心臟所在的部位，恐怕維持著可以當成虛數魔術操作的——某種類似裂縫的異空間吧？」

「正確答案。」

哈特雷斯也承認這一點。

「哈哈哈，所以每次使用它我都幾乎喪命。那就像是切開心臟一樣。名字明明叫哈特雷斯(Heartless)，卻得體驗心臟破裂的痛苦，你不覺得這真沒道理嗎？」

「再往下談一會兒吧。」

老師說道。

聳立在空間內的光柱，在他的側臉落下淡淡的陰影。

「我認為醫師會喪失視覺，不是失去視力，而是視野遭到篡奪。」

「篡奪……？」

當我發出疑問，老師柔和地笑了。

「那就是那種魔眼。應該說變成了那種魔眼嗎？啊，在魔眼蒐集列車上，我有個致命的疏忽——格蕾，妳記得奧嘉瑪麗的侍從在那輛列車上說過的話嗎？」

「你是說那位……遇害身亡，有未來視能力的人嗎？」

「沒錯。她曾說過吧——拍賣會上將會展出彩虹魔眼。」

「…………！」

我一瞬間屏住呼吸。

彩虹魔眼——我記得那是魔眼的最高位階。

最後，當時的魔眼拍賣會上展出的魔眼位階最高只到卡拉博的泡影魔眼——寶石級而已。

「不過，我記得老師不是說過，特麗莎的未來視是種預測嗎？只是注視到發生可能性高的未來而已什麼。」

沒錯。

老師應該這麼說過。

所以，她只是誤以為高階的寶石魔眼是彩虹魔眼而已。應該是這樣才對。

「我也這樣想過。所以才會上當……哈特雷斯，在你眼中看來想必很滑稽吧？」

「…………」

哈特雷斯沒有回答。

所以，老師主動出擊。

「剛才我也提到過，在那起案件中，我查明你會保存魔眼持有者的頭顱。」

「那又怎麼了？」

哈特雷斯再度望向銀色手提箱。

「頭顱就是關鍵。當時，因為你保存魔眼持有者的頭顱，我還以為你是讓持有者本人說出透過魔眼取得的訊息。不過，沒有那種必要。不需要用那麼麻煩的方法。因為你有更直截了當的手段可用。」

一陣恐懼竄過背脊。

那個話題還有後續嗎？還有我不願想像的真相嗎？

老師指著他說道。

「要是你擁有『簒奪他人視野的魔眼』呢？」

話語像一把刀。

醫師間歇性喪失的視覺。在年輕時的哈特雷斯觸碰他後，怪病就痊癒了的證言。至今出現的因素一口氣串連起來。那就是魔眼的真相本身嗎？

「雖然略嫌簡單，我就命名為簒奪魔眼吧。那是只要近在一旁，連彩虹魔眼的視野都能簒奪的魔眼。方才野獸的目光會轉向我們這種芥子般的存在，正是魔眼的作用。因為你簒奪了野獸的視野對吧。」

「…………！」

野獸會發現屏息凝氣的我們，同樣是因為神祕。

所以，老師當時才會說到哈特雷斯持有的魔眼嗎？說他誘導了視線。

「正因為如此，特麗莎才會預測拍賣會上將展出彩虹魔眼。活用潛意識解讀未來的預測之魔眼，很難防止這種錯頻。畢竟那不是用理智來建立理論，難以區分原有的彩虹魔眼持有者，與能簒奪彩虹魔眼視野的魔眼持有者。」

「……哎呀，對你真是無從隱瞞。」

哈特雷斯露出苦笑。

這個反應意味著，他承認了老師所說的話。

「你在魔眼蒐集列車上沒有使用那個魔眼，是因為控制的問題嗎？」

「這個魔眼沒有好操控到在戰鬥可以輕鬆使用的程度。就算使用了，很可能會反倒導致戰況混亂，對偽裝者不利。而且在那個局面上，我沒有非贏不可的必要。」

的確沒錯。

在召喚出偽裝者的階段，哈特雷斯博士已達成他在那起案件中的目的。他會和我們交手，只是無法阻止戰意高漲的偽裝者罷了。

老師喘了口氣，進一步往下說：

「還剩十分鐘。我們回到最初的話題吧。」

他多半是以魔術迴路在計時。老師以前說過，這種程度的事即使憑他的能力也做得到。

「在冠位決議上蒼崎橙子也識破了，庫羅發現阿爾比恩的裂縫的異能，恐怕是化野家的魔眼與亡故之龍的眼眸同調後的結果。沒錯，你的篡奪魔眼，與這種同調魔眼，雖然由於神隱而變質過，但基本是同一種能力。」

「……咦？」

不行。

我一團混亂。

因為，發現裂縫的異能不是庫羅的異能嗎？與哈特雷斯無關。

應該無關才對。

「老師，那個，你在說什麼？」

「我花了不少時間才能篤定。實際上，我是在潛入阿爾比恩後才得出這個結論的。萊涅絲在冠位決議上說過，如今的哈特雷斯是弟子庫羅假扮的，這個說法絕非錯誤，但並不正確。」

「…………」

哈特雷斯保持沉默，面帶微笑。

「哈特雷斯博士本來就是庫羅。」

4

情況一變再變，我已經沒辦法掌握這次的事態。

在波折不斷的冠位決議上，萊涅絲暗示了庫羅假扮哈特雷斯的可能性，但應該已遭到阿希拉的自白否定。

然而，到了這一步，那個可能性又出現了嗎？

不，不對。

老師他說的是「本來」。

但是，我不清楚他的真意。哪怕答案擺在眼前，我也難以接受。

「我聽說大約三十年前，受到那位醫師救助的哈特雷斯，渾身是傷又喪失記憶。」

老師說道：

「如果那就是十年前，遭到昔日的同伴背叛而負傷的庫羅呢？」

「…………啊？」

在旁邊聆聽的我，忍不住喊出來。

我還是聽不懂老師在說什麼。

順序顛倒過來了。用十年前遭遇背叛的事件來解釋三十年前的事，到底想做什麼呢？

「沒錯，順序是相反的。」

彷彿看出我的想法，老師說道。

「問題在於，庫羅有來往阿爾比恩與地上的手段。而且，按照阿希拉的自白，那場背叛發生於阿爾比恩──那麼，庫羅在死前發現了另一道裂縫吧？只是，庫羅試圖逃到地上卻沒有如願。沒錯，他去了相反的方向。」

老師指向下方。

「他大概從通往虛無之穴的裂縫進入了妖精域。」

妖精域。

靈墓阿爾比恩的最深處。在這個古老心臟更下方的區域。

「我不知道在那裡實際上發生過什麼事。妖精引起的神祕，對魔術師而言至今都還是未知的領域。不過，有些事我是知道的。比方說，神隱有時會跨越時代與地區。」

神隱有時會跨越時代與地區。

老師的確這樣說過。在與從前藏匿過哈特雷斯的醫師交談時，他在診療室為我講過一段課。

──「在遠東好像有個故事叫浦島太郎，那是典型的神隱例子。被擄走的人類，被帶往時代與地點都不同的某個地方。」

然後，他在探索阿爾比恩途中也曾說過。不只是老師而已，凱爵士不也對我說過同樣的話嗎？

在這裡，無論時間與空間都很模糊。

但就算這樣，這種亂七八糟的事情真的會發生嗎？

「這當然非常荒唐無稽。即使聽到有人一本正經地講這種話，也只會令人困惑。因此我沒有告訴萊涅絲。因為就算在冠位決議上說出這種情報，結果也會被一笑置之。」

這是他沒把推測全盤告訴萊涅絲的理由。當然，一方面也是因為那時老師對這次的想法還沒有把握吧。

「不過，這個地方不同。站在這裡的，是兩名魔術師。」

老師眼神銳利地注視著哈特雷斯。

「對了，我要補充的是，發現通往妖精域裂縫的未必是庫羅。既然你(哈特雷斯)曾是庫羅，應該也能用同一種能力靠自己找到這種裂縫，因為一度穿越過裂縫，要發現也簡單吧。」

「總之……哈特雷斯將瀕死的庫羅送入了妖精域？」

「沒錯。十年前，被那頭野獸吞食的化野九郎＝庫羅，透過神隱移動到三十年前。你在這場神隱中遭受的所有異變，是我難以推測的。你究竟是在什麼時機想起了一切？自稱哈特雷斯的時候嗎？或者是與作為自身過去的庫羅相見面的時候？不，該不會是遭到同伴背叛，庫羅幾乎喪命的時候？」

「…………」

我茫然不已。

單從現象來看，這件事與我的故鄉發生過的事情也有相近之處。阿特拉斯的七大兵器之一，理法反應（Logos React）重現過去，把我和老師送進了那個世界。

不過，這是現實。

雖說是經過靈墓阿爾比恩這個隔絕人智之地，這並非什麼七大兵器的演算世界，而是現實中發生的事不是嗎？然而，這種情況有可能發生嗎？假使有可能，時間悖論會變成什麼樣子？

接著——

「……真虧你能查出真相。」

哈特雷斯發出嘆息。

化野九郎＝庫羅＝哈特雷斯博士。

一個公式在此完成。宛如在遙遠往日註定的圓環。

「穿梭時間是『魔法』的領域。雖然以我們的魔術無法達成，作為神祕並非不存在。五大『魔法』之中也存在具這種作用的魔法，最重要的是，我在格蕾的故鄉看到了理法反應。」

「唔。那個不是單純是過去的重現嗎？」

「沒錯，它本身只是重現罷了。」

哈特雷斯說出我同樣抱有的疑問，老師也點點頭。

「不過，我同時從中看見了可能性。因為在那場重現中找到的你的論文，除了使神靈伊肯達再臨的術式外，還留下了其他幾項研究的痕跡。可惜的是，我在進入這座迷宮後才察覺那個意義。」

「……原來如此。只是，我很早就放棄了那個研究。以觀測過去實行應稱之為靈子轉移的反向召喚來穿梭時間，在理論上是有可能實現的。不過，為了讓穿梭時間維持穩定狀態，至少需要阿特拉斯院全面提供協助，以及君主輩出的鐘塔名門的祕術。呵呵呵，光是這個條件就已經不可能做到了。再考慮到建立新設施與進行實驗需要的天文數字費用，那才是非得贏得聖杯戰爭才有機會。而且，即使做了那麼多，具有穿梭時間資質的人類應該也很有限。」

哈特雷斯淡淡地告白說。

他所說的每一句話，聽在真正的魔術師耳中想必都是驚天動地的內容。

老師僅是輕輕地嘆了口氣。

「太好了。坦白說，我還以為無法擺脫妄想的批評了。」

「那麼，你也知道我的共犯是誰了吧？」

「你在冠位決議的共犯，是依諾萊吧。」

老師乾脆地揭露。

「這是單純的排除法。既然麥格達納的女兒曾企圖殺害哈特雷斯的弟子，你很難和他們合作。盧弗雷烏斯是徹頭徹尾的貴族主義派，沒有贊同神話時代魔術形式的空間。奧嘉瑪麗與依諾萊其實讓我相當難以決定，但你若和天體科（艾寧姆斯菲亞）聯手，出席者應該會是君主馬里斯比利本人吧。而依諾萊女士沒有什麼複雜的思想，純粹只是因為有利而選擇站在你這一方。對，她如同呼吸般自然地親近權力。不帶任何惡意，也不固執地在四處布設陰謀。」

「從以前開始，依諾萊教授便待我很好。」

當哈特雷斯開口，老師閉起一隻眼睛。

「即使對於現在的現代魔術科，她也經常叨唸著要我們轉換陣營投向民主主義。」

「話雖如此，依諾萊女士並非打算幫助你成功……只是將棋局控制在無論你成功或失敗皆可的情況而已。麥格達納應該隱約發現依諾萊與你合作了吧。」

「麥格達納先生也發現了……？」

當我機械性地重複，老師頷首。

「因此，萊涅絲才放棄尋找共犯。因為就算能夠特定共犯的身分，那麼做只會截斷對方的退路，徹底與之為敵。當然，在最糟糕的情況下，麥格達納會因為受騙名譽受損，但這點程度的損失，在政治上總有辦法回復。身為君主，這是當然的判斷吧。」
那場會議上，究竟有多少層錯綜複雜的盤算與陰謀呢？
即使有老師像這樣分析，我聽懂的部分也還不到一半。
接著，哈特雷斯仰望頂罩。光芒落在臉上，他閉上眼睛。
「你不是偵探，你的職責不是為案件定罪……你只是因為有必要而解體案件而已。」
所以，不揭露犯人身分。
所以，不追究罪狀。
僅僅將案件解體。宛如拆卸機械的齒輪。宛如使心愛的神祕的根基變得失去意義。
「那麼，我有什麼樣的Whydunit呢？」
哈特雷斯惡作劇似的問道。
上次見面時也一樣，我覺得這名魔術師有種奇妙的兩面性。那說不定是因為他有著作為庫羅的性質，與作為哈特雷斯的性質。
「藉由時間穿梭，你得以從弟子庫羅與老師哈特雷斯雙方的觀點注視鐘塔與阿爾比恩。而且，身為同伴兼弟子的阿希拉他們，兩度背叛了你。」
老師鄭重地說。
「你由此得到的教訓（Whydunit），是『不管重來幾次都會發生同樣的結果』。」

「回答得好極了。」

啪啪啪——哈特雷斯鼓掌(Clap)。

「錯誤的不是我。當然也不是阿希拉、不是蓋謝爾茲、不是喬雷克、不是卡爾格。」

他接著說出從前與庫羅組隊的隊友。

那些背叛庫羅，企圖殺害他的魔術師們的名字。除了阿希拉之外，大概都在這起案件中遭到庫羅＝哈特雷斯報復的魔術師們的名字。

「……那是一支很棒的團隊。阿希拉曾是我的青梅竹馬。蓋謝爾茲是使用魔術藥的可靠鍊金術師，喬雷克與卡爾格兄弟會彌補我的不足之處，在作為戰鬥員與營造氣氛方面都很活躍。而且，他們所有人對我來說都是鐘愛的弟子。」

庫羅＝哈特雷斯以兩個身分跟他們來往過。

作為曾同生共死無可取代的夥伴，作為在同一間教室裡探討過魔術深淵的師徒，他們與庫羅＝哈特雷斯交流，最終兩度背叛了他。

「那麼，錯誤的就是唆使他們背叛的現代魔術師世界吧。這個不管怎麼做都會走向這種結局的魔術世界正是痼疾。」

……啊啊。

終於到達了這裡。

哈特雷斯博士的Whydunit。他為何會這麼做的動機。神話時代的魔術形式，還有靈墓阿爾比恩這個大舞臺，都只不過是達成目的的手段。

沉默數秒之後——

「……你並非想藉由神話時代的魔術形式來救濟新世代。」

老師往下說：

「將你的人生獻給最燦爛的事物吧——曾經如此說過的你，已經失去了最燦爛的事物。所以，你不得不做出補償行為。不是找回失去的事物，而是怨恨害得你失去珍寶的愚昧之輩。只是你怨恨的對象不是人，是魔術師這個世界。你只是想用神話時代魔術的形式這顆炸彈，破壞既有的魔術師世界的一切罷了。」

（……這……）

我心中想著。

以前，我兩度和偽裝者交談過。

她憎恨在國王死後展開繼業者戰爭的戰友。恐怕正因為她所憎恨的戰友已經去世，為尋求補償，她才會希望王者成神吧。

那麼，她身上那股憤怒，不是與哈特雷斯的恨意性質完全相同嗎？

「正是如此。」

哈特雷斯再度頷首。

「這樣有什麼問題嗎？」

「沒有。」

老師搖搖頭。

「不過，那我就必須阻止你。沒有崇高的理念，也沒有值得冒險的回報。我不可能將弟子們的未來託付給單純的破壞衝動。」

「阻止……是嗎？」

彷彿聽到什麼可笑的事，哈特雷斯笑了。

「在那個意義上，我早已停止了。因為我早已將接力棒轉交給她。沒錯，接下來我的神將會實現一切。」

正好在哈特雷斯說完的時候。

有什麼從他背後的光柱裡站起身。

5

「那個」以極其緩慢的速度張開眼睛。

光是睜開眼皮，至少就經過了好幾年。

人類與神靈的時間觀念不同。生活的時間與次元也不同。神靈不會正確地認識到人類的作為，或者是認識得過於正確，才會與人類有很大的偏離。

「那個」的自我認識，也已經不同於人類。

靈基虛影再臨。

哈特雷斯如此稱呼的術式，讓使役者再度連接上英靈座。

原先被束縛在偽裝者此一職階（Class）內的境界記錄帶，透過這個術式，同時被輸入作為偽裝者的紀錄與作為伊肯達的紀錄。

紀錄大幅超越原本只允許重現英雄一個面向的使役者上限，擴大到作為信仰對象的現象——神靈的規模。那個是伊肯達曾走過的實際歷史，是許多民眾信仰伊肯達這位英雄的兩千數百餘年，是偽裝者在其背後經歷過的歷史，是唯一一名魔術師信仰偽裝者的幾個小時。

於是，「那個」注視了世界。

6

一切在一瞬間替換了。

哈特雷斯設下魔法圓的靈墓阿爾比恩空間在剎那間消散，我們佇立在一片紅色的荒野上。

「咦……！」

突然的變化使我環顧四周。

不只土地而已。

不知不覺間，我們被大批士兵包圍。

那些列隊的人影穿戴各種文化的鎧甲，有些持槍、有些騎馬，數量多得可怕，讓人心想隊伍會不會一直延續到地平線。

「是王者軍團(Ionioi Hetairoi)……」

老師發出呻吟。

我聽過那個名稱。那是伊肯達作為使役者現界時使用過的超越常規寶具。據說他會連同固有結界一起召喚與其締結羈絆的數萬名士兵，是超乎常識的神祕大軍。

那支大軍的士兵們會祝福神靈伊肯達的甦醒，也是必然之事嗎？

在人影兵卒的中心，出現了一個特別高大的騎馬身影。

不，是數量龐大的人影當中，唯獨那個存在散發出光芒。

神靈伊肯達。

我無法正確地辨識那個身影。

明明身高與體格都不同，我卻覺得既那既像偽裝者，也像我僅僅聽說過的魁梧壯漢伊肯達。因為亞瑟王的召喚，我的視覺變得無比接近使役者，卻還是無法直視那個存在。我的視覺正將無法完全認知的過量情報，誤判為耀眼的光芒。

「……對，這就是神靈的來訪。」

哈特雷斯的聲音帶著難掩的喜悅。

如同他的期望一般，神話時代的魔術形式將造訪這個世界。由鐘塔貴族主義主導的魔術師世界，將因此告終。

不久之後，老師開口：

「我想做個確認。在聖杯戰爭中，主人是使役者存在的樞紐。不管有多強大的魔力，使役者只要失去主人，就會迅速因魔力枯竭消滅吧。在這個情況下的神靈是否也一樣？」

「啊，你是指只要殺了我，神靈伊肯達或許就會消失這件事嗎？以你的能力來說，這個問題問得有些愚蠢吧。簡直毫無意義。我已經透過幾條路線對地上的新世代分發了金幣，他們不會接受。」

哈特雷斯露出苦笑。

「擁有史塔特金幣的魔術師，全都以跟主人一樣的路徑與神靈連結了。當然也兼具作為樞紐的功能。」

「……總之，我也是神靈伊肯達的主人之一嗎？」

手持金幣的老師咬住下唇。

「期待落空了嗎？」

「不，我總算放心了。」

老師緩緩地拍掉西裝上的灰塵。

他的視線投向神靈伊肯達。

「你打算怎麼做？」

「『騎兵』……」

老師這麼說著，走向散發耀眼光輝的伊肯達。

「那個伊肯達沒有和你一起經歷第四次聖杯戰爭的記憶喔。不，首先英靈伊肯達和神靈伊肯達只是有相同起源的不同存在。即使你產生某些感傷，神的目光不會為了那種東西而停留。」

哈特雷斯的話，不知有沒有傳入他耳中。

老師的腳步沒有任何變化。

那顯得興奮的步伐，宛如在沙漠中瀕臨渴死時發現聖地的信徒。就算那片聖地是彌留之際的幻覺，他感受到的救贖也並非幻想。

啊啊，真的不是幻想。

老師一把扯掉打從潛入靈墓阿爾比恩前開始，就一直戴著的手套。

「什……！」

「咦……」

哈特雷斯與我都張口結舌。

不可能存在的事物，就在那隻手上。

只有一道。一道閃耀著紅光，描繪出奇特形狀的花紋。

——只有一道的令咒！

「怎麼可能……艾梅洛II世。你是從哪裡得到那個令咒……」

「第三次聖杯戰爭。」

那句話絕非回答。

不過，我明白老師的意思。因為我看過那一幕。

露維雅潔莉塔・艾蒂菲爾特堅持那是學費，交給他一個珠寶盒。在她談論到艾蒂菲爾特的血親參加過第三次聖杯戰爭的時候。

啊啊，那麼……

她自負是全世界最華麗的獵人，即使被責難為鬣狗也充滿自信。若是她的血親，不是很有可能「將令咒保存起來帶回去」嗎？

「你剛剛說過，我也是主人之一吧，哈特雷斯……！」

「住手！」

哈特雷斯領悟到那個意思，第一次放聲大喊。

他舉起手發射咒彈。

「——！別想得逞！」

我重踏地面衝了出去。

我將哈特雷斯的咒彈全部用死神鐮刀砍掉，動作是至今不曾有過的敏捷，同時身體也掠過劇烈的疼痛。正要變化成亞瑟王的身體充滿前所未有的活力，但我此刻也在持續支付變化的代價。

神靈伊肯達也是一個重要原因。

剛完成再臨的神靈散發的魔力，灼燒我的魔術迴路。

老師應該更加痛苦吧。他的魔術迴路沒有我的來得頑強，全身應該正受到地獄般的痛苦折磨。他試圖接近神靈的每一步，應該都和承受煉獄之火炙燒沒兩樣。

「……你……以前說過，想以肉身現世吧。」

我看不見老師的臉龐。

不過，變得敏銳的感覺，讓我察覺流過他臉頰的水滴。

「抱歉，騎兵。我很想實現你的願望。」

「住手！住手，艾梅洛II世！」

老師似乎連聽都沒在聽哈特雷斯的吶喊。

「老師……！」

以前，老師告訴過我。

他之所以意圖在第五次聖杯戰爭召喚伊肯達，是因為想證明那位使役者的能力足以在聖杯戰爭中贏得勝利。這絕非謊言。為了為昔日青澀又愚蠢的自己贖罪，他一直這麼想著吧。

但是，在那個想法深處有另一個願望。

哈特雷斯企圖讓神靈伊肯達再臨，是因為想把祂當作工具利用。

偽裝者企圖讓神靈伊肯達再臨，是因為想把祂奉為神來崇拜。

不過到了最後，老師的想法則是——

「『我』真的……很想實現你的願望。」

老師說道。

他的聲音非常平靜。

我也是第一次聽到，這個人用這種口吻說話。

那群人影士兵紋風不動。因為主人沒有下令。神靈伊肯達也保持被召喚出來的狀態，一動也不動。僅僅存在於那裡。剛剛誕生的神靈就是這樣嗎？

哈特雷斯邁步狂奔。

我繞到他的前方。

為了老師，我至少想堅守住這一瞬間，我打從心底覺得，我就是為此才一路跟到這裡的。

「所以說，你總是那麼急躁。總是在我還沒準備好的時候跑過來，隨心所欲地侵略後就離開了。」

老師邊走邊說著。

就像此刻從心中湧現的某種感情，遠比魔術迴路的疼痛更加重要。

「啊，起碼這一次你就老實地等著吧。你就像往常一樣粗野地大笑，看著我在做什麼吧。我總有一天會去英靈座（那裡），你只要隨便聽聽我的故事，拍拍我的背就行了，笨蛋。」

或許，還有其他不同的做法。

什麼如果我的魔術更像樣、如果像其他君主那樣有才能就好了之類的牢騷，老師不知道說過多少次。

即使如此——

「我承諾。縱使沒有人相信，縱使連我自己都不相信能做到，縱使我不管怎樣都不是成為英靈的料。」

彷彿吐血一般，老師一字一句說出口。

「直到生命燃燒殆盡為止，我都會不斷地走向你。」

彷彿在獻出性命一般，老師一步一步地往前走。

「因為，我是你的主人……你的臣下……你是我的國王……」

這次我看到了他的臉龐。

老師露出幾乎痛哭的神情說道。

「因為你是……我的……『朋友』……」

他緩緩地舉起右手。

淚水撲簌簌地落下，最後一道令咒散發紅光。

「我以令咒命令你。」

「住手！韋佛．維爾威特！」

哈特雷斯也舉起手。

他也打算用令咒吧。他肯定也企圖使用最後一道令咒，向神靈發出某種指令。

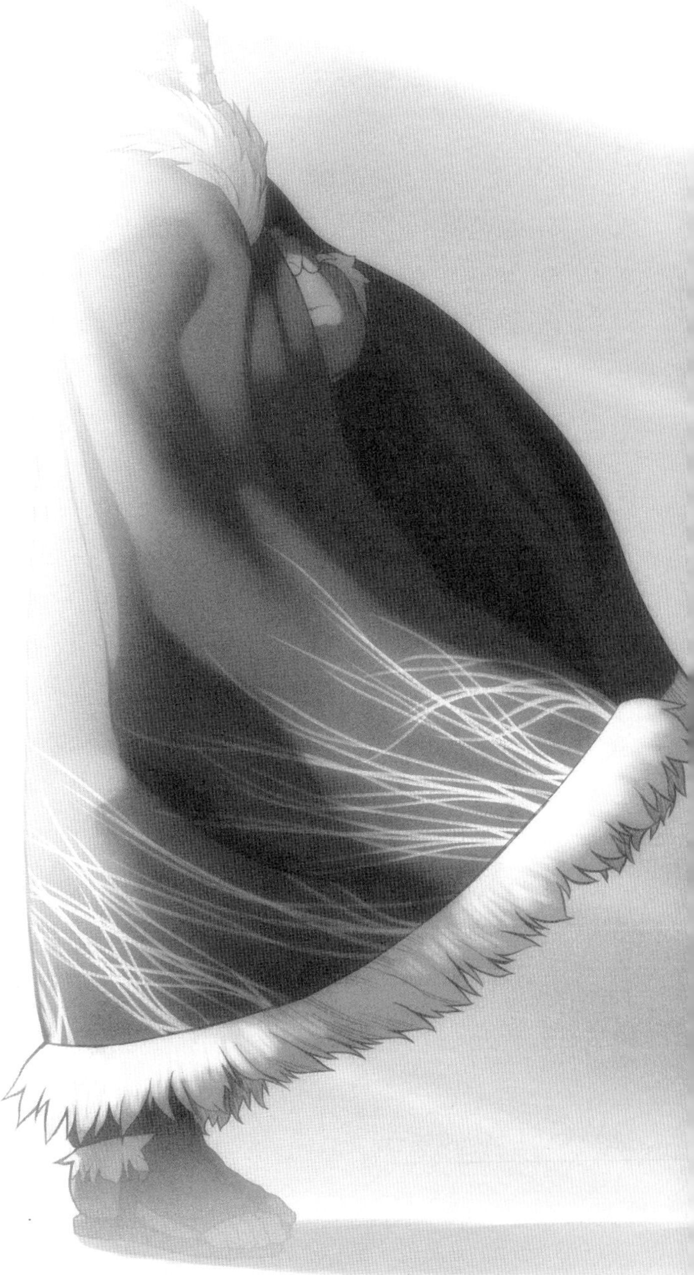

剎那間，那隻手飛過半空。

我的鐮刀砍下了那隻手臂。撕裂的斷手飛了出去，隨著血花劃過虛空。

「退去吧，騎兵！」

他說了騎兵。

不是現在的神靈伊肯達，而是老師從前召喚時的靈基。

可是，那個意思正確地傳達給了化為神靈之物。

7

「啊……」

我好像聽見了聲音。

那一定是老師聽不見的聲音。

是對於靈過度敏感，身為布拉克摩爾守墓人的我才會感受到的意念。

那個「聲音」讓我自出生以來，第一次感謝自己的體質。聲音說——

8

若說變化發生在一瞬間，一切果然也在一瞬間恢復原狀。

「老師！」

我連忙呼喚，眼前的紅色荒野已經消失了。我們回到了靈墓阿爾比恩的古老心臟。亡故之龍的魔術迴路蒼白地照亮周遭，彷彿在假裝這個地方什麼也沒發生過。

「……笨蛋。」

老師仰望著古老心臟的頂罩說道：

「平常明明都不聽我的話，只有在這種時候才老實聽進去了？。」

這番話光從字面上來看像在開玩笑，他的語氣卻非常沉重。

然後，他緩緩地回過頭。

「……艾梅洛II世……！」

倒下的哈特雷斯按住斷臂的傷口。

在他身旁，還有「另一個存在」回到了這個空間。

「為什麼……！」

她發出呻吟。

「你為什麼用最後的令咒呼喚了我，哈特雷斯。」

「偽裝者……！」

我也不禁瞪大雙眼。

黑髮的女戰士攙扶著哈特雷斯的身軀。

在手臂被砍斷前，或是在砍斷之後，哈特雷斯仍然強行連結路徑下完命令。他用最後的令咒，從神靈伊肯達內分離出作為核心的偽裝者。

我不知道那種事情是否有可能。

我只是覺得，那個瞬間的哈特雷斯有可能做到。

「即使機率是五五開或者更低，只要你以令咒下令，神靈很有機會無視艾梅洛II世，建立神話時代魔術的形式。為什麼？」

「為什麼呢……？」

渾身是血的哈特雷斯皺起眉頭。

「在我想到無法阻止艾梅洛II世時，比起大魔術的完成，為何我會更想再見妳一面呢？」

「…………」

我總覺得有點明白。

庫羅＝哈特雷斯曾兩度遭到靈墓阿爾比恩的小隊背叛。無論是作為同伴，還是作為弟子，他們都背叛了他，正因為如此，他怨恨讓他們不得不變成那樣的魔術師世界。

與名稱相反，偽裝者可能是第一個沒有背叛他的人。

或許，哈特雷斯真正想要的是……

「……老師。」

我擺出臨戰架勢，換手握住死神鐮刀。

但是，老師碰觸我的肩膀搖搖頭。

「已經夠了，格蕾。用過剛剛的大魔術，哈特雷斯他……」

「……哈哈，你還真清楚。」

哈特雷斯彎彎嘴角。

突破靈墓阿爾比恩、多次讓使役者發動寶具、建立這次的大魔術。他大概的確靠著燒掉魔眼持有者補充過魔力，但這個過程中術者本人不可能毫髮無傷。哈特雷斯早已到了極限。

「十年——不，你耗費三十年的大魔術結束了。」

否則剛才阻止老師時，他也不會只能愚昧地發射單純的咒彈吧。

老師告訴他。

「如果你提出要求，艾梅洛派可以負責監管你。至少我可以保證，對你的待遇會比其他派閥來得好。」

「真是親切。如果是依諾萊女士，應該會一邊說著相同的話語，一邊思考如何在下一個陰謀中利用我，你開口卻是基於單純的善意。那在鐘塔可不是美德喔。」

「我心知肚明。」

當老師不快地回答，哈特雷斯低聲發笑。

「不過，悽慘地死在這種地方給人看也令人惱火。沒錯，我唯獨不想讓你看見，看來我是這麼想的……偽裝者。」

「什麼事？」

「請扶我站起來。」

哈特雷斯靠著偽裝者的肩膀站起身。

他將被砍下的前臂貼在西裝胸口。

他發出的呢喃是這麼說的。

【翻轉吧，我的心臟。】

伴隨那句咒語，兩人消失無蹤。

透過代替心臟被封進身體的裂縫瞬間移動。可是，那麼做……

「……他說過即使在狀態良好時動用那個神祕，也會幾乎喪命吧。」

老師的低語，與我的想法一致。

「那麼，結果已經出現了。」

哈特雷斯選擇了他的結局。

他會和偽裝者一起看到怎樣的景色呢？在那段是庫羅也是哈特雷斯的奇異人生的最後，他想看到什麼呢？

或許是魔術迴路還殘留著被灼燒的疼痛，老師按住上臂。

「還剩兩分鐘。他們大概會依照契約，放棄冠位決議吧。明明要當作什麼也沒發生過……失去的事物卻太多了。」

「我……那兩個人……」

我剛說到一半。

我的手中發生異變。

也許是察覺了情況，老師也回過頭。

「怎麼了？」

「亞德他……」

我舉起淡淡發光的死神鐮刀的手，微微顫抖著。

*

在地上的研究大樓內，一名少年垂下目光。

他看著地板。

更準確地說，他看的位置在遙遠的地板下方深處——彷彿注視著地底一般

「嗯，狗狗，怎麼了？」

費拉特歪歪頭。

他們正依照萊涅絲的交代在整理書庫。

她委託他們為冠位決議的結果預作準備，整理各種文件——湮滅一部分的證據，這種事連對講師們也不方便透露。

當然，根據冠位決議情況而定，這些努力也可能會化為泡影，弄不好的話現代魔術科本身都會廢除，但他們當然沒有思考過這種嚴肅的問題。不如說，因為費拉特不會去想這種事，史賓注重恩師勝於一點道義，才會被派來做這個任務吧。

於是，史賓．格拉修葉特不滿地嘁嘁嘴。

「別叫我狗狗……剛剛，我好像聞到了結束的味道。」

「結束的味道。」

這個同學其實並不是聞到氣味，費拉特想著。他聞到的是交纏的因果本身。他會認為

那是氣味，只不過是大腦對應他的知覺進行了轉換。

所以，費拉特坦率無比地點點頭。

「既然狗狗這麼說，一定是這樣沒錯！」

在如此斷言的少年背後——

一道流星劃過窗外的夜空。

*

倫敦的酒吧一角。

這裡是只有內行人才知道，或該說是在神祕密切相關者之間經常利用的酒吧。

店內的光源極少，若不是能夠「強化」視覺的人，連走動都會成問題。每個座位之間也有充分的間距，讓客人在有必要時能夠使用偽裝魔術，連旁邊坐著什麼人都難以分辨。

這一次，坐在餐桌座位邊的是個少見的組合。

一個是戴著星形眼罩，頭髮染成粉紅色的少女。

一個是腳邊放著小提琴琴盒的銀髮青年。

伊薇特．L．雷曼與梅爾文．韋恩斯。

「啊～差不多要結束了呢，冠位決議。」

「大概是時候了。」

梅爾文一手端著酒杯頷首。

另外，桌角放著染紅的手帕，是因為他依慣例吐過血了。

「以你的身分，起碼聽說過民主主義派的情況吧？畢竟，你家是特蘭貝利奧的分家嘛。」

「很可惜的是，這次我盡可能不去接觸消息。」

聽到梅爾文的回答，伊薇特轉動目光，從下往上探頭看著他。

「你這麼做，是為了避免自己不小心背叛，對朋友造成阻礙？」

「對啊！因為我很重視友情！」

「人家覺得重視友情的人，不會不小心背叛耶。」

伊薇特發出天經地義的吐嘈，同時伸伸懶腰。

「不過，傷腦筋的是，唯獨剛剛那句話是真的。不如說，你會碰巧遇見就約人家來酒吧，是因為不管什麼時候背叛人家，你都不會產生罪惡感對吧。」

「嗯。妳也一樣，隨時都會背叛我吧？」

「當然嘍。因為人家可是魔術師。」

對於鐘塔居民來說，這是極其普通的思考方式。

伊薇特心想，她不會事到如今才對自己感到羞愧，或許因此才會受到並非如此行事的人所吸引。

艾梅洛II世也好、格蕾也好，作為魔術師都是異端。

「在聖誕節前，我在某個雪夜和格蕾說過話。」

梅爾文說道。

「嗯，我耍了一點壞心眼。我向她暴露，當什麼艾梅洛II世絕非韋佛的本意。不只這樣，我還告訴她，他會唯唯諾諾地服從萊涅絲，是因為維爾威特家寒酸的魔術刻印被收走當作抵押品了。」

「那格蕾怎麼回應？」

「她什麼也沒講。」

梅爾文傻眼地聳聳肩。

「只是，她說即使以後韋佛不再當艾梅洛閣下II世，對她來說仍然是她的老師。對於其他學生來說也是如此。」

「真像個小孩子。」

伊薇特如歌唱般地說出感想。

她顯得有些羨慕。

「真像個笨蛋。」

她再說了一次，但梅爾文沒有回答。舉起酒杯。

他親吻貴腐酒金黃色的酒液。

「吶，韋佛。」

他呢喃道。

「你追上你的夢想了嗎？當時你告訴我，『我有無論如何都想要做的事，你借我錢吧！』，讓我大吃一驚。你實現了當時的夢想嗎？」

在呢喃即將結束時。

窗外正好劃過一道流星。

9

這是個安靜的夜晚。
一個十分寂靜的冬夜。
於是，宛如夢的淚珠一般，一道流星跨越夜空。

終章

阿爾比恩也有白晝與黑夜。

確切來說，應該是第一層的採掘都市也有。雖然只不過是頂罩光量的變化，祕骸解剖局甚至提交了在這方面進行調整，以提升勞動者工作效率的論文。

現在是夜晚。

人影佇立在遠離採掘都市的矮丘上。

「這裡可以嗎？」

偽裝者放下背負的男子。

她的動作看似粗魯，讓男子倚靠在岩石邊的手卻很溫柔。哈特雷斯的呼吸微弱得彷彿隨時都會中斷，他微微睜開眼睛。

「真美。」

他綻開微笑。

自採掘都市發出的燈光，宛如翻轉過來落在大地上的星空。一方面是因為採掘都市的頂罩沒有星辰，更加強了這種印象吧。

「以前的庫羅鍾愛這片景色，但同時也嚮往真正的天空。」

哈特雷斯說道：

「……啊，所以第一次到倫敦時很開心呢。雖然想不到遇見的學部長竟然會是自己。」

他似乎覺得很好笑，背部微微抖動。

如果這是命運，未免也太過諷刺。

同一個人物的年輕時期（庫羅）與老年時期（哈特雷斯）。會覺得兩者都很特別也是當然的。因為對於青年而言，少年正是他昔日喪失的過去；對於少年而言，青年正是他遲早將會喪失的未來。

「你想沉浸在感慨中隨你的便。」

偽裝者坐了下來。

她用與哈特雷斯相同的角度注視著採掘都市開口：

「不過只要你一死，我也會立刻消失喔。」

「……是呀，沒錯。神靈伊肯達的術式已經解開，我再度成為妳唯一的主人。如果作為樞紐的我死亡，妳只能消失了。」

「你真是最糟糕的主人。」

偽裝者面不改色地痛罵。

「你在甚至不是聖杯戰爭的事件中拖著使役者到處奔波，說什麼『我會實現妳的願望』，卻在緊要關頭退縮，把我這種人救了出來。原本以為你至少也會報一箭之仇，卻逃到這種地方來。你到底要怎麼向我交代？」

「哈哈哈，我無話可說。」

哈特雷斯點點頭，他不可能否定這些批判。

那張側臉在轉眼間失去生氣。這是精氣消耗到極限，最後還動用堪稱禁招的心臟裂縫的結果。

啪。一聲輕響響起。

那是偽裝者的食指彈了他的額頭發出的聲響。

「我說過我不討厭那個無力的表情，要你在開宴會痛飲時露給我瞧瞧吧。」

偽裝者從嚇了一跳的哈特雷斯懷中取出扁酒瓶。

「所以，喝吧。我們說好了吧。」

「既然有約定，那也沒辦法。」

哈特雷斯按照她的催促，只喝了一口酒。

偽裝者感到很滿意，拿起扁酒瓶仰頭一灌。

「遇見你唯一的好事，到頭來只有這酒的滋味呢。」

夜風拂過山丘。

風吹動女戰士的黑髮，穿越而過。

她再度喝著酒，忽然發問：

「你連對我都隱瞞了庫羅和自己的關係，是因為你無法信任我嗎？還拙劣地作戲，演得活像你們是兩個人一樣。」

「因為我真心這麼覺得。庫羅的記憶很鮮明，但就像是我的前世。哈哈哈，我就像個被前世所驅使的亡靈呢。這麼荒唐的事，我沒辦法告訴任何人啊。」

哈特雷斯痛苦地喘息著，如此告白。

他臉上逐漸失去所有色彩，卻顯得有一絲開心。

「嗯，所以在妳面前，我的心情還不壞。感覺我身為亡靈這件事得到了肯定。」

「是啊，還不壞。」

偽裝者也頷首。

對主人痛苦的模樣看都不看一眼——她擺出看似如此的態度，努力專注地望著夜景。

「這裡也是一個世界盡頭吧。我和你共享了這片連吾王都沒看過的世界盡頭景色。雖說只持續片刻就被打破，我也作過了將吾王昇華為神靈的夢。下一次受到召喚的我，恐怕無法留下這些記憶吧。不過……」

女戰士轉過頭。

偽裝者的金銀妖瞳(Heterochromia)映出哈特雷斯。

「不過，哪怕我與你都是沒有人會回想起來的亡靈，我與你的旅程是有意義的。是有意義的啊，哈特雷斯。」

「……真高興。」

或許是連揚起嘴角都力氣都沒有了，他的回應掠過地面。

儘管如此——

「……不過，有一點不同喔。」

哈特雷斯否定道。

他垂著頭，像個平凡的教師般，以沉穩的聲調繼續道：

「是現在對我這麼說的妳，給予了意義。將在這裡消失的妳，給予了將死在這裡的我意義。給予了早已死去的我意義……」

「……！」

偽裝者屏住呼吸，試圖說些什麼。

然而，那個聲音並未發出口。

「…………」

因為哈特雷斯再也不會開口了。

白皙的手指溫柔地替他闔眼後——

「晚安，遺忘夢想之人（哈特雷斯）。」

偽裝者將扁酒瓶裡最後剩下的酒含在口中，與哈特雷斯嘴唇相貼。

她的咽喉只滾動了一次。

不久後，一切都融化在籠罩山丘的夜霧中。

＊

鐘塔的騷動，沒經過多久後就停息了。

這是因為貴族主義、民主主義與中立主義全體一致決定，「把事情當作沒發生過」的緣故吧。雖然我不清楚橙子是如何對中立主義說明的，至少在這件事上，鐘塔——十分少見地——變得團結一致，這是事實。

貴族主義派遣過來的施工人員與魔術師，也在短短幾天內將化為廢墟的斯拉徹底恢復，然後離開了。

應該說貴族主義的雄厚力量令人恐懼呢，還是又被顯示出實力上的差距呢？

無論如何，就像這陣子一直在做的一樣，我癱在辦公室的桌上，展示自己是多麼精疲力竭。

「我說，我的兄長啊。」

我摸摸由於過勞發出悲鳴的肩膀，同時開口：

「我快要累死了，你可以代我處理剩下的工作嗎？」

「我還以為我的妹妹會工作到死為止呢。」

喔喔，好冷淡的回應。

對於一方參加會議，另一方投入迷宮探索，曾經同生共死的義妹說出這種話，未免太冷酷了不是嗎？難道說你的血管裡流著乾冰嗎？

冠位決議結束後，兄長與同伴們在古老心臟會合，和我經由同一個裂縫回到地上。當然，從靈墓阿爾比恩通往地上的路線會受到解剖局盤查，但事情按照當作冠位決議沒發生過這個大前提做了處理。據說哈特雷斯帶進來的咒體與手提箱也全數被回收了。

在那之後大約有一週的時間，我們接受各種檢查以確認有沒有從靈墓阿爾比恩帶回新種細菌等等，但兄長總算也回到了崗位上。

唯有他和平常一樣，或者說比平常皺得更緊的眉心皺紋，是我休憩的源泉。

「我們應該認為，這樣無論如何都比直接在地底腐朽來得好吧。」

瀏覽著大量文件的兄長嘟嘟嚷嚷。

由於兄長頗為擅長這種正規的整理術，雖然在抱怨，我的做事效率也大幅提升了。

只是，這次的問題在於別處。

在幾份文件上簽名後，兄長的目光投向眼前的沙發上。

「對吧，化野菱理？」

「這個嘛，很難說呢。因為也有寧願在阿爾比恩腐朽的魔術師呀。」

穿著振袖和服的女子坐在沙發上。

我們收下她以法政科身分提出的報告，並進行詳細檢查。

話雖如此，那只不過是形式上的步驟。因為鐘塔已決定抹消這場冠位決議，報告上列出的數字全是編造的。明明是假造的報告卻不得不仔細檢查，這種事雖然可笑，但造假往往才必須做得精確，是世間常情。

畢竟真品只要是真品就能趾高氣昂，贗品卻需要足以騙過他人的幌子嘛。

兄長在相隔一會兒後問道。

「這麼一來，妳滿意了嗎？」

「我的不滿結束了……或許是正確答案。」

菱理的回答，暗藏一絲憂愁。

聽說，他們最終沒有找到哈特雷斯的屍體。雖然不知道他最後轉移到了什麼地方，若是在靈墓阿爾比恩內部，找不到也是當然的吧。既然他企圖復興神話時代的魔術形式，得知消息的派閥應該會瘋狂地搜尋他的工坊與遺產，情勢難以預料。

無論如何，兄長像平常一樣問道。

「如果找到了化野九郎，妳打算怎麼做？」

「到了現在，我自己也不太清楚。你會覺得奇怪嗎？」

「不。」

菱理對兄長的話語報以微笑，啟唇說道：

「我在進入法政科之後，發現哈特雷斯的弟子可能是我的兄長。因為可以交給新人處理的工作不會有多重要。我碰巧被指派為現代魔術科的負責窗口。」

原來如此，我豎起耳朵聆聽，同時理解地想著。

這麼一來，她身為諾里奇卿養女的經歷也是派她擔任這個職務的判斷因素吧。不愧是命名者，現代魔術科至今仍與諾里奇卿關係密切。就算不是直接的牽線管道，這種人脈關係在社會上是必要之物。

「在探查過去案件的過程中，我很快地發現庫羅這名弟子似乎就是化野九郎。從我的立場來看，發現這一點是當然的。我也馬上得知，哈特雷斯與兄長在同一個時期失蹤的事。還有，這是為什麼呢？我想了解失蹤的兄長……沒錯，我是在魔眼蒐集列車上，想到哈特雷斯與兄長或許交換了身分。」

「我認為想要了解血親，是當然的想法。」

兄長陳腔濫調的話語，在這一刻聽起來還不壞。

至少，不必徒勞地品嚐事情結束後苦澀的滋味。

「艾梅洛II世。」

菱理呼喚道。

「化野九郎——或者說哈特雷斯，對我抱著什麼想法呢？」

「那個……」

兄長一瞬間語塞，停下正在簽名的手，想要說些什麼。

就在那個時候——

「大小姐，有訪客。」

托利姆瑪鎢發聲。

幾秒鐘後，辦公室的門扉打開了。

「嗨，妳也在呀？」

新登場的人物望向菱理，快活地笑了。

兄長站起身後，立刻行禮。

「看來依諾萊女士也身體康健，真是太好了。」

「喂喂，這是諷刺嗎？這一次我實在是覺得累了。」

創造科（巴爾耶）的老婦人摸摸脖子，遞出一張文件。

「那麼，今天我是來送無聊的報告的。與祕骸解剖局協議後，我們敲定了這樣的方針。可以的話，現代魔術科也能提供協助嗎？」

「要求鐘塔內部重新調查靈墓阿爾比恩的委託，以及增加探索者的人數……是嗎？」

原來如此，看來情況變成這麼回事了。

以再開發案作為議題的冠位決議被當作沒發生過。

不過，被當作沒發生過，並非遭到否定。所以，民主主義正在持續進行黑箱操作。跌倒爬起來也不忘抓把沙的作風，深具民主主義的特色。像貴族一樣的清高去吃屎吧，就是他們的想法吧。

「我明白了。我會告訴學生們。」

「喔，真是感謝。我對艾梅洛教室的學生也抱著期待呢。」

「是的，我想有些學生最適合在那種環境中學習吧。那麼，我就不該加以阻止。」

兄長說完後，忽然發問。

「對妳而言，冠位決議是什麼呢？」

「那個已經當成沒發生過了吧？」

依諾萊閉起一隻眼睛，確認不用說也知道的事情。

然後，她戳戳太陽穴繼續道：

「話雖如此，我便回答吧。雖然這個問題問得也太晚——是節慶啊。因為人生很漫長，偶爾也需要刺激吧？」

這名老婦人出於那種程度的心情，將別人逼進絕境。或許，她也曾出於同樣的心情幫助過某個人吧。

一切在她眼中都只是棋局之一。

為了這麼做應該更有利而移動棋子。即使將自己的性命與人生放上棋盤，也毫不遲疑。因為連機器都會維持自我保存定律，那種存在方式反倒更加有人味。

就像她作為哈特雷斯的共犯對兄長設下陷阱，下一步又和藹可親地請兄長提供協助一樣。

「好了，我接下來也必須到第一學科（密斯堤爾）露個臉。不好意思，我這就要走了。」

「請代我問候麥格達納氏。」

「當然會了。」

在她正掉頭時，菱理從沙發上站起身。

「那麼，我也告辭了。依諾萊女士，可以打擾妳一會兒嗎？」

「哎呀，來自法政科的邀約還真可怕——當然是開玩笑的。可以的話，就去附近的中國菜餐廳如何？是我最近認識的大廚開的。我很中意他，所以投資了那家餐廳。」

「真是榮幸，請務必給我這個機會。」

她們兩個互相頷首，一起離開。

之後，那兩人之間也會繼續展開虛虛實實的交涉吧。

即使冠位決議被當成沒發生過，陰謀劇並非絕跡了。只要鐘塔存在，無聊的權力鬥爭就會一直持續下去。

魔術師的舞會只是稍微換個舞臺，不會結束。

當我不由得聳聳肩時——

「艾梅洛II世。」

菱理在即將走出房間時回過頭。

「謝謝你——我們很快會再見的。」

帶著散發遠東異國風情的笑容，法政科的妖女離去了。

*

「真是的，看樣子這段牽扯難以結束耶。」

在兩人的氣息遠離後，我露出打從心底感到厭煩的表情說道。

「她的眼神可是在這樣示意喔。老是被麻煩人物看中，是你的壞習慣！」

「妳才沒資格說我。」

兄長閉上嘴巴，我也不是不同情他。當然，因為我是個壞心的女人，以後也一心打算繼續壓榨他。希望他認命地覺得，都怪自己露出了可趁之機。

「我不知道該如何道別（I don't know how to say goodbye.）。我說不出話來（I can't think of any words）。」

「住口，托利姆瑪鎢。」

在這裡用上《羅馬假期》的台詞很機靈，但唯獨這種時候引用的台詞恰到好處，這傢伙的自動智能是怎麼發展的？雖然是我接受兄長的建議為她施加適合人型的智能，但智能的基礎是肯尼斯製作的月靈髓液（Volumen Hydrargyrum）本身的演算功能，這傢伙以後會出現什麼樣的成長，其實我也不得而知。

無論如何，我還掛心另一件事。

（……聖杯戰爭嗎？）

所有人互相牽制的結果，使鐘塔放棄立刻對遠東的第五次聖杯戰爭進行干涉。

但是，如果有第六次聖杯戰爭，情況就不會是這樣了。以前哈特雷斯會操作情報，但隱蔽聖杯戰爭的人物已經不在了。過去一直保護著聖杯戰爭的面紗已不存在。

這一次，鐘塔的手一定會伸向那場戰爭。

那個結果，將招來什麼樣的災厄？

面對英靈這種連魔術師也感到棘手的現象，我怎樣也無法抱持樂觀心態，這是真的。

或許，甚至連這場冠位決議可能也是前哨戰嗎？我心中湧現這樣的想法。

「……唉，擔心過度也無濟於事嗎？」

我站起身，從衣櫃拿出我很中意的大衣。

「萊涅絲，文件還沒處理完吧。」

「唔，暫時先休息吧。不如說，這是個非常重大的任務，兄長也跟我來吧。」

＊

——我不討厭等待。

特別是冬季的氣氛，對我來說十分熟悉。當然校舍的走廊上也設有中央空調，不過我很喜愛置身於帶著一絲寒意的空氣中，朝指尖呵氣的時間。

或許，我是喜歡等待著某個人的心情。

因為在等待的期間，可以抱著期待。一定會有人前來的感覺，對我來說很讓人喜愛。

從不久前起，窗外映出零零星星的白色事物。

（……是雪。）

那一定也是靈墓阿爾比恩沒有的東西吧。

有一陣子，我看著無聲飄落的碎片看得入神。因為這樣看著，我總覺得自己也可以從半吊子的灰色(Gray)化為純白。

當我一手提著鳥籠出神時，走廊上出現三個身影。

「老師、萊涅絲小姐。」

「嗨！」

帶著水銀女僕跟隨在後的少女開朗地舉起手。

老師仍然是一臉不悅的表情，但看到我之後，他笑了一下。

「怎麼，連格蕾都來了。」

「那個，呃……」

「當然了，因為這是個重大任務。你以為沒有寄宿弟子在場你應付得來嗎？」

在我語塞之際，萊涅絲伸出援手。

「好了，你們隨我來吧。」

萊涅絲很可靠地牽起我和老師的手。

如果我也有她那麼能幹就好了，但此刻感受到她指尖的溫度，讓我很開心。

當我們繞過走廊轉角，新出現的兩名學生正等著我們。

「教授！」

「老師！」

是費拉特與史賓。

「唔，你們兩個一起出現……」

在老師滿臉嫌麻煩地皺緊眉頭時，費拉特轉了一圈。

「哎呀，教授，答案將在廣告後立刻公布，所以不許推測喔！好，三、二、一，咻～！」

費拉特像跳芭蕾舞般用足尖（Pointe）立地旋轉，輕柔地展開雙手，走廊從右到左懸掛起花俏的橫幅。

「恭喜斯拉重建&出院！」

配合橫幅的標語，同樣的祝福話語從走廊另一頭傳來。

直到剛剛為止都用隱身魔術細心地隱藏氣息的學生們擠上走廊，笑容滿面。在他們後面，以夏爾單老先生為首的講師們也都到齊了，正在各自鼓掌。

「你們……」

老師摀住臉龐。

「總是可以稍微像這樣休息一下吧？」

另一道美麗的身影從旁開口。

唯有那頭優美的法國捲長髮，無論她站在哪些人中間都不會認錯。

「連露維雅也來了？」

「我也邀請過清玄和富琉，但他們說自己是外人而推辭了。他們要我代為轉達祝賀喔。據說富琉也和葛拉夫又見了一面。」

「……這樣嗎？」

老師的聲音，搖曳著溫暖的事物。

雖然脫離靈墓阿爾比恩後不曾碰面，老師好像也以自己的方式在擔心他們。特別是聽到富琉與那位老魔術使葛拉夫見面的消息，我也總算鬆了口氣。

「啊，我有把阿爾比恩之事的酬勞好好地交給那兩個人喔。我的兄長總不會以為，你心愛的妹妹是要人免費做牛做馬的魔鬼吧。」

「別擔心。妳屬於會確實支付報酬，長期狠狠使喚人的類型。」

「哎呀，這種超過必要程度的理解就不用了！」

萊涅絲沒有否認，拋出下一句對話。

（……啊……）

我終於感到自己回來了。

怎麼辦？

奇怪的是，我覺得好想哭。明明應該再也沒有悲傷的事了。我明明很高興。感覺就像在漫長的旅程中拋在身後的感情，終於追上了我們。

「……嗯。」

史賓抽了抽鼻子後說道。

「……嗯，那麼，請老師和格蕾妹妹待會兒再過來！我們先去教室做準備！」

「咦？但預定計畫不是直接為他們帶路嗎，狗狗——」

「好了好了，沒關係！請你們一定要來喔！」

史賓推著費拉特的背，朝走廊前方走去。

隨著他的動作，其他學生和講師們也一起前進。只有這一次喲，我還看到伊薇特指著這邊用嘴唇說道。

「那麼，老師。」

「剛才慌慌張張的，我有些累了。我們繞個路吧。」

被留下的老師開口說道。

*

不久之後，陽光穿過雪花的縫隙灑下。

「我想問一個問題。」

走在恢復安靜的走廊上，我這麼說道。

喀噠喀噠的腳步聲響起。我回想起來，最近這陣子都沒有好好地擦鞋。差不多得補充鞋油與鞋蠟了。

「儘管問，我的窈窕淑女（My fair lady）。」

老師的催促讓我有些尷尬，我如此問道。

「我終於明白了，老師你一點也沒放棄與那位王者相見的念頭呢。」

「……嗯，唔。」

老師輕輕呻吟。

「妳發現了嗎……不如說，被妳聽見了吧。」

那是當然的。他為何會以為我沒有發現呢？

──「直到生命燃燒殆盡為止，我都會不斷地走向你。」

我不認為老師會憑著當下的衝動說出那種話。

那麼，雖然對我保密，老師自有老師的想法。

老師認命地停下腳步，從西裝懷中取出雪茄。

「我可以抽根雪茄嗎？」

「當然可以。」

當我點點頭，老師用雪茄剪剪掉茄頭，以火柴炙烤後叼在嘴邊。煙霧與香味緩緩地擴散開來。

啊，我也許久沒聞過那股香味了。

「王者軍團（Ionioi Hetairoi）會喚來數萬名英靈。」

不久後，老師隨著煙霧吐出話語。

「但是，依照常識來看，以英靈的數量來說也太多了。既然達成偉業的人物才會記錄在人類史上，很難連伊肯達麾下的每一名士兵都全部成為英靈。」

他像平常講授魔術般說下去。

帶著雪茄煙霧，他宛如逐一看著乘載了寶貴回憶的照片般繼續道：

「那麼，順序一定是相反的。不是身為英雄的部下們與伊肯達締結了羈絆——他們是因為與大英雄伊肯達締結了羈絆，才會作為英雄記錄在英靈座上。」

這是老師一直暗藏於心的研究。

「既然如此，身為王者部下的我說不定也有什麼祕技可用。即使我不是足以成為英靈的料也一樣。」

「你一直在思考那種事嗎？」

「……不好嗎？」

老師難為情地說。

他尷尬的表情，看來就像個塗鴉被父母發現的小孩子。這個人有時會流露這種表情，我覺得好詐。

我會忍不住笑出來，也是這個人的錯。

「怎麼可能不好。」

我摀住嘴角，連連點頭。

那個模樣剛好映在玻璃窗上，我赫然一驚，按住頭髮。

因為從兜帽裡露出的髮絲，有一縷摻雜著金色。

「格蕾……」

「我的身體狀態還在進行。」

這具即將化為亞瑟王的肉體，還在變化途中。

雖然離開靈墓阿爾比恩後在一定程度上趨於穩定，但我處在不知變化何時會繼續發展的狀態中。如果繼續進行了，難以想像會發生什麼樣的異變。

「……以後，我不知道會給老師添什麼樣的麻煩。」

我坦誠地說：

「但是，我可以待在老師身邊嗎？」

「我一直都說，沒有妳在我會很困擾。」

老師立刻回答。

他帶著雪茄煙霧，再度邁開步伐。

我也跟隨在他的身旁。得到容許是多麼令人安心啊。我明明如此害怕對這個人、對這個地方帶來麻煩，但是現在——我已經明白，不給人添麻煩也是一種自私。

這大概是我從那個故鄉前來倫敦，學到的少數幾件事之一。

在停頓一會兒後……

「我無意讓妳產生不可靠的期待……」

老師說出開場白後繼續道：

「不過哈德雷斯的術式中，有許多關於妳與亞瑟王的聯繫的內容。如果結合肯尼斯教授留下的祕術，說不定能阻止妳的身體變化。當然，這超出我的能力範圍，應該需要費拉特或是史賓的協助……哼，不好意思，妳要陪我去做田野調查。」

「……！好的！」

我用力地點點頭。

然後——

「咿嘻嘻嘻嘻！學會給別人添麻煩啦，妳也成熟了嘛！」

走廊上響起尖銳的聲音。

＊

——啊，最後還有一件事。

唯獨這個，是我連老師也沒有說過的祕密——

＊

那場靈墓阿爾比恩之戰。

在神靈消失的剎那，我好像聽見了豪放磊落的笑聲。

『小子，你竟能把朕的替身逼得走投無路。』

我不知道有沒有真的聽見那個聲音。

或許是我的願望，製造了幻聽。

因為，新召喚的伊肯達應該失去了對於老師的記憶。老師的課堂上也經常提到，由於潛意識在魔術上會發揮複雜的作用，必須嚴加區別自己感覺到的東西是真正的超自然對象，或者僅僅是大腦產生的錯覺。

不。

後來回頭想想，那也許是作為神靈的性能。超越時間與空間的認知能力。正因為如此，他才會想起老師——不如說是重新認識了老師。

無論如何，我不可能模稜兩可地告訴老師如此重要的事。

『那麼。臣下的功勞必須酬報，然而如今的朕連存在都不穩固。』

『因此，朕就以短短一瞬間成為神靈所能實現的奇蹟當作獎賞吧。沒什麼，反正小子也只會許這種願望。』

那到底是不是夢呢？

我像看待易碎物品般注視著掌心的奇蹟。

原本淡淡發光的死神鐮刀完成複雜的組合變形，變回小匣子。十年來一直多嘴多舌的匣子。代替無法表明愛意的母親照顧過我的匣子。

應該已為了保護我而停止運作的匣子。

「格蕾……」

老師的聲音從背後傳來。

他的語尾會因為受到非比尋常的衝擊顯得沙啞，也是當然的。

我就是最不敢相信的人。因為我已經死心地認為，不管怎麼做都無法推翻這個命運了。

「……亞德。」

「嗯嗯嗯？」

他一臉困倦地睜開了位於匣子表面的眼睛。

「怎麼，是格蕾啊……我很睏……」

「亞德！」

我忍不住把匣子緊緊抱在胸前。

「亞德！亞德……！」

「幹、幹嘛，慢吞吞的格蕾！喂，別把我甩來甩去！快住手，喂！」

在古老心臟響起的好友叫聲，是這起案件最後的——對我而言最大的祝福。

〈完〉

解說

奈須きのこ

一名有著平均的才能、平均的見識，
作為人類很平凡的（正因如此，在魔術世界很孤獨的）少年，
一直希望能再度觸及跟丟的「星辰」。

故事僅是如此。
雙方都一樣。雙方都背負著同樣的夢想與責任，
宛如一枚金幣的正反兩面般的，某些魔術師的故事。

◆

《艾梅洛閣下II世事件簿》在這一集完結了。

首先，請讓我為作者創作的內容與耗費的時間表達讚美與感謝。
以魔術世界為舞臺的五則奇譚。
理論與神祕，意志與離奇交織而成的Whydunit之旅。
在那個等到結束後一看，都發生在轉眼之間的「一系列事件簿」的最後，等著我們的是出乎意料的兩面對照(Symmetry)之鏡。
所有伏筆都在地底匯集，化為在黑暗中依然散發光輝的一等星……
這個故事、他與他的事件迎接了這樣的結局。
身為作品世界的設定負責人，再也沒有比這更令人喜悅的事。
因為出色的作者與作品，使得《Fate》的魔術世界又擴大了一步。
我要向這個時代、各位讀者們與三田誠氏致上感謝。

好了。
雖然現在才談有些晚了，請容我在此說明《事件簿》的由來。
《事件簿》是作為電腦遊戲《Fate/stay night》的衍生作品開始的。
那是在二〇〇八年冬季的事。聽到武內想成立TYPE-MOON BOOKS的要求，我心中萌生了一個需求。
「我想看以魔術世界為舞臺，融合『魔術』與『推理』的小說。」

「我想讓TYPE-MOON傳奇嘗試遊戲無法做到的，單本完結的推理小說的尖銳風格。」

然而，這個需求正可說是不切實際，要達成非常困難。

首先，「要有關於TYPE-MOON作品的豐富知識」。

「筆力足以寫出傳奇小說與推理小說」。

最重要的是，「要對於TYPE-MOON累積建構的世界觀、氛圍有所共鳴」。

符合這種條件的作家我只想得到一位，但那位作家當時就很受歡迎，我覺得他的工作行程不可能有空檔，放棄了這個想法。

不過，在我抱著即使會遭到拒絕還是先談談看的想法向他提議之後，那位作家回答：「雖然沒辦法立刻動筆，我一定會排出空檔。讓我們開始吧。」

沒錯。他便是三田誠氏。當時他的眼神認真得有點可怕。

後來經過將近四年的時間，《艾梅洛閣下II世事件簿》起跑了。

三田氏在準備期間曾提出幾個備選作品，不過最後依照最初的計畫，敲定為「魔術＋推理」。

當時決定的事情很簡單——

1．作品舞臺是以《Fate/stay night》為主的型月傳奇世界。

2．由於不是以《月姬》為主的世界，對死徒的處理不同。
3．舞臺是鐘塔，主角是艾梅洛II世。
4．艾梅洛II世是教授而非超人。他只不過是二流的魔術師。
5．故事的中心必須有「一個神祕（魔術）」。
6．讓一名TYPE-MOON現有的角色出場客串。（這是三田先生的希望）

就是上述幾點。基於這些原則創造、構築出的作品，便是《艾梅洛閣下II世事件簿剎離城阿德拉》。

我至今都忘不了閱讀《剎離城阿德拉》初稿時的喜悅。

因為主題是魔術，要展現成熟的氛圍。

希望有奇譚的質感與陰森氣息。

希望有迷人的主角與女主角。

希望魔術師在對外隔絕的空間中接連死亡。

在這些前提下，希望最後的結尾是將人生獻給魔術之人的悲傷「結局」。

雖然這些要求正可說是強人所難，三田先生以超越期待的內容回應了我亂來的要求。

讀完初稿後，我馬上找三田氏商量「把作品系列化吧，我一年想要看一本這個故事」，結果，三田氏將《事件簿》重新構思為總共五篇的長篇作品。

在《事件簿》開始的二〇一四年，有好幾部《Fate》的衍生作品，每一部都創造出風格不同，獨一無二的系列。

不同於其他的衍生作品……《Fate/Apocrypha》、《Fate/Prototype 蒼銀的碎片》、《Fate /Strange Fake》，《事件簿》的執筆過程也很獨特。具體而言，那是奈須きのこ與三田誠的百日對打。

「因為要寫艾梅洛Ⅱ世，請放棄抵抗，告訴我鐘塔的詳細機制吧。」

「下一個故事我想寫這種題材，與奈須先生的魔術論會不會衝突？不會？那我就以這個形式來建構大綱。」

「好～差不多無法再蒙混過去了。給我其他君主們的詳細情報。還有請確實地告訴我每個家系的冠位指定。如果還沒整理成資料，請在今天熬夜完成。請放心，我訂好旅館房間了。沒錯——就　是　你　家。別擔心，我也會幫忙的。好了，來寫出有趣的鐘塔吧……呵呵呵。」

「封印指定總之是什麼樣的部門呢？鐘樓？啊……在《魔法使之夜》中使用……原來如此，這不能在《事件簿》中處理呢。」

「咦，不會吧……學院長是那樣……嗯～？這個所羅門王的待遇很獨特呢。為何是這種設定……喔，那是下一個遊戲的核心主題，別用七十二柱魔神當題材……？沒問題，但你打算做什麼呢？」

「我想用鐘塔的地下當作完結篇的舞臺，地下的情況是什麼樣子？果然是像巫術系列一樣的地下迷宮？辟邪除妖系列是我們的青春歲月呢。啊？另一個世界？靈墓阿爾比恩？きのこ氏你在說什麼？」

如此等等，只要設定存在矛盾，三田誠便毫不留情向我追問，上演許多次激烈的問答。

沒錯。其他的衍生作品始終是「《Fate》的另一種可能」，不過《事件簿》是《Fate/Stay Night正史世界觀中的魔術作品》。基本設定不是「該衍生作品的獨特設定」。

作者本來可以自行決定的世界觀與法則，在《事件簿》都已經規定好了。

魔術協會的存在方式。魔術與魔法的關係。魔術師的生態、傳統、能力。

《Fate》人類史的魔術歷史，與《月姬》人類史的聖堂教會歷史。

身為作者的三田誠根據這些設定，掀起了各種案件。

「以這個世界的『天使』作為主題」。

「以這個社會的『美』為主題」。

「以這個價值的『魔眼』作為主題」。

「以這個紀錄的『死』作為主題」。

「然後，以這個時代的『魔術』作為主題」。

這些全都是在《事件簿》中誕生的內容。

是他的本領，擴展了已經固定，沒有變化的「魔術世界」。

雖然現有的角色、設定是由我公開的，不過，替那些點綴各個事件的迷人魔術機關與登場人物們，還有「僅僅是設定」的鐘塔氛圍與生活感賦予生命的人，毫無疑問是三田誠氏。

結果，《事件簿》在作為原創作品的同時，內容也正確地傳達了《Fate》至今與未來的規則。不僅具有小說的趣味，也發揮了「TYPE-MOON世界導覽書」的作用，正是名家的傑作。

那就是《艾梅洛閣下II世事件簿》這部作品。

◆

另外，擔任本作偵探的「艾梅洛II世」，是個有著複雜誕生經歷的角色。

他在二〇〇六年由TYPE-MOON發行的《Character Material》中首度出現，被介紹為鐘塔的君主之一。

在那個階段，只提到了「一頭黑色長髮，穿著大衣抽著雪茄，欠缺作為魔術師的才能，卻是頂尖的教育者。性情古怪、自卑，不知為何喜歡日本遊戲」這些設定。

其實在相同時期開始執筆的《Fate/Zero》的登場人物之一就是年輕時的他，那是「同時開始描繪一名角色的青年時期與少年時期」。

話雖如此，「艾梅洛II世」的戲份在只有設定的情況下凍結。我原本計劃，這個角色應該會在我未來可能動筆的「冬木的聖杯最後遭到解體的故事」實現時開始活動。

看到他像這樣在一整個系列中大顯身手，跨越在《Fate/Zero》後所繼承的義務(Task)，我有種不可思議的感動。

我只是放下一開始的那顆石頭，推動並培育它的是其他作家，將它推到更前方抵達終點的，又是另一位作家。

雖然「艾梅洛II世」不再是我的孩子，他讓我感受到更加離奇的命運……作為創作人之間的聯繫、許多的幸運……是一個非常重要的角色。但願對於各位讀者來說，也是如此。

雖然成為他人生中重要轉機的「事件」迎向終結，故事並未結束。

如同我們的成長一般，角色們也會成長。

在角色的誕生與作中的人生都受到離奇命運玩弄的這名男子，也不可能就此退場。

我想期待著有一天再與（和作者三田誠氏一起）被迫擔起重大的「不合理難題」，皺著眉頭為此奔波的魔術偵探重逢，為這篇談論幕後情況的解說作結。

後記

三田誠

——密談結束，迷宮之門關閉。
神靈之夢被吹散，英雄的功勳隨海潮聲漸漸消失。
然而，我們知曉。
星辰的碎片在此。
永不失去的夢想，的確在這隻手中。

讓各位久等了，在此送上《艾梅洛閣下II世事件簿》第十集《冠位決議（Grand Role）（下）》。
在完成後一看，這本第十集的分量在整個系列中也是最多的。
坦白說，在我還預定以上下兩集寫完這部《冠位決議》時，沒有料到會變得那麼厚。
至於為何會發展成這樣，是因為我下定決心，要從正面描繪靈墓阿爾比恩這個鐘塔最大的神祕。

雖然至今的事件簿也一樣，無論冠位決議也好、靈墓阿爾比恩也好，奈須きのこ氏與TYPE-MOON的諸位將在世界觀上這麼重要的題材（而且我還是第一個寫到這些的人！）爽快地託付給我，讓我滿心感謝。但願對於已閱讀過一遍的各位讀者來說，我完成的作品足以有這個價值。

許多故事最後都會迎來一個結局。

這部《艾梅洛閣下II世事件簿》也不例外。這樣的故事，可以像現代日語的考題般，用一句「哪個人做了什麼事」加以概括吧。因為大多數的故事亦是逐步將現實中繁雜的因素限定在一個主題內的作業，這也是當然的。

但是，同時也有一些訊息，會傳達給仔細閱讀過至今過程的讀者。像是II世在第五章劇情高潮中的呼喚，就是其中之一。如果您能用只屬於您的靈魂（心），來接受II世傾注在兩個字中、只屬於他的感情（心），我將非常高興。

回顧起來，這十本書在我寫過的小說當中，似乎也成為了散發特別光芒的一個系列。

在持續創作的五年間，我的工作也出現很大的變化，例如擔任漫畫原作的比例大幅上升。除了在第九集後記提及的倫敦幻獸奇譚《Bestia》與創作者青春劇《よすがシナリオパレェド》以外，《魔法使的新娘》的衍生作品《魔術師「青」》也會從四月開始連載。

東冬老師、TENGEN老師創作的漫畫版進入《雙貌塔伊澤盧瑪》篇，動畫版也終於將在七月開始播出。

這部《艾梅洛閣下II世事件簿》本篇，也終於決定由角川文庫進行商業出版。（購買事件簿電子書的讀者，電子書版會維持現狀，請不必擔心。為了避免造成混亂，電子書版暫時預定只發行TYPE-MOON BOOKS版）（註：此為日本電子書版狀況）

這是一段令人目不暇給的忙碌日子。

儘管如此，也有不變的事物。

比方說，對於故事的熱情。

比方說，對於背景世界的憧憬。

比方說，對於鍾愛角色們的感情。

寫小說就像是不斷地向不知道誰會接住球的黑夜扔球。要問我為何對那種行為不以為苦，是因為有著不變的事物吧。我能夠與II世他們一起走完一趟旅程，一定就是那個證明。

總是在繁忙的工作行程中，為本書繪製精美插畫的坂本みねぢ老師；除了動畫考證，還在接受請託撰寫一部分劇本的三輪清宗先生；協助監修費拉特台詞的成田良悟老師；將這個世界與角色們託付給我，以奈須きのこ先生為首的TYPE-MOON諸位人員們。我要在最後的篇幅，向各位致上感謝。

當然，也很感謝作為讀者的各位。

可以的話，希望各位也能翻閱我的下一個故事。

我想大約在冬季時，還能在《艾梅洛閣下II世事件簿Material》中與各位再次相見。

二〇一九年三月

記於遊玩《王國之心III》時

PS. 由於是最後一篇後記，我想寫一則私信——雖然連季節的記憶都漸漸變得模糊，謝謝你在從新宿回來的路上，邀請我加入TYPE-MOON BOOKS，きのこ。

幻獸調查員 1~2（完）

作者：綾里惠史　插畫：lack

Kadokawa Fantastic Novels

人與幻獸的關係交織而成，
殘酷又溫柔的幻想幻獸譚——

傳說中的惡龍擄走村裡的女孩，那與傳說故事相仿的事件真相究竟為何——老人過去曾娶海豹少女為妻，然而人與幻獸的婚姻最終將……？若想要打倒傳說級的危險生物九頭蛇，需要幻獸「火之王」的火焰。於是菲莉與「勇者」趕往「火之王」的城堡——

各 **NT$200/HK$60~67**

奇諾の旅
the Beautiful World
XXII
時雨沢恵一
KEIICHI SIGSAWA
插畫●黑星紅白
ILLUSTRATION KOUHAKU KUROBOSHI
Kadokawa Fantastic Novels

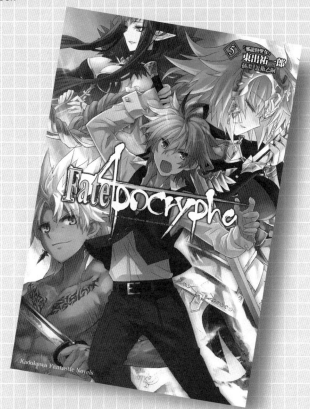

Fate/strange Fake 1~6 待續

Kadokawa Fantastic Novels

作者：成田良悟　原作：TYPE-MOON　插畫：森井しづき

為了守護少女的心願，
其守護者將「死」籠罩住整個世界——

毫無改變的街景——直到數小時前，各陣營勢力爭鬥而遭破壞的大馬路，此刻卻彷彿不曾發生過任何事。這裡是年幼的主人繰丘椿的夢境中。是由與椿的魔術迴路連繫的「黑漆漆先生」創造，僅為實現椿的心願而存在的封閉世界。劍兵等人試圖逃脫，然而……

各 **NT$200~280/HK$60~93**

Sword Art Online刀劍神域 1~24 待續

Kadokawa Fantastic Novels

作者：川原 礫　插畫：abec

在Underworld遇見過去失去的「他」一樣的眼睛的人！
危害桐人與其眾伙伴的最大「惡意」現身！

菊岡誠二郎對桐人、亞絲娜以及愛麗絲提出潛行至「大戰」結束兩百年後的「Underworld」的邀約。再次來到那個世界的眾人，遇見了身為羅妮耶與緹潔子孫的絲緹卡以及羅蘭涅。然後……「這就是擁有『星王』稱號的男人的心念嗎——請多指教了，桐人。」

各 NT$190~260/HK$50~75

刀劍神域外傳GGO 1~9 待續

Kadokawa Fantastic Novels

作者：時雨沢恵一　插畫：黑星紅白

聯手的眾卑鄙小隊當中，
不知道為什麼出現了SHINC的名字！

無論如何都想打倒蓮獲得勝利的Fire，成功拉攏SHINC加入為了打倒LPFM而組成的聯合部隊。經過與MMTM的壯烈「高速戰」後，蓮等人終於和SHINC的成員對上了，但是Fire麾下的小隊突然出現……

各 **NT$220~350/HK$73~117**

約會大作戰 1~22（完）

Kadokawa Fantastic Novels

作者：橘公司　插畫：つなこ

戰爭將再次碰上故事起始的命運之日──
新世代男女青春紀事即將完結！

在精靈本應消失的世界出現一名神祕的精靈〈野獸〉。五河士道賭上性命，嘗試與對自己表現出執著的神祕少女對話。曾經身為精靈的少女們也為了實現士道的決心，毅然決然齊聚戰場。與精靈約會，使她迷戀上自己──這便是過往累積至今的一切。

各 NT$200~260/HK$55~87

魔法科高中的劣等生

司波達也暗殺計畫 1~3 待續

Kadokawa Fantastic Novels

作者：佐島 勤　插畫：石田可奈

殺手榛有希的暗殺目標被神祕人物奪走性命！
甚至對擋住去路的有希等人伸出毒手!?

以殺手為業的榛有希收到了新委託，暗殺目標是國防陸軍的軍人們。有希好不容易潛入行事謹慎戒心重重的目標身旁，但是自稱「鐵系列」的神祕人物闖入，奪走目標的性命，甚至對擋住去路的有希等人伸出毒手！青年使用的魔法竟是「術式解體」！

各 **NT$220/HK$73**

魔法科高中的劣等生 1~31 待續

Kadokawa Fantastic Novels

作者：佐島 勤　插畫：石田可奈

包括USNA、新蘇聯及另一名戰略級魔法師等國內外的各方勢力都想除掉達也!?

奪回水波之後，達也與深雪逐漸回到以往的日常生活。然而艾德華·克拉克在USNA的立場面臨危機，要避免這個結果只能除掉達也。此外，新蘇聯的貝佐布拉佐夫也在尋找復仇的機會。而另一名戰略級魔法師也鎖定達也！各自的想法在巳燒島交錯──

各 **NT$180~280/HK$50~80**

國家圖書館出版品預行編目資料

艾梅洛閣下II世事件簿/三田誠原作 ; K.K.譯
. -- 初版. -- 臺北市 : 臺灣角川股份有限公司,
2021.03-
冊 ; 公分. -- (Kadokawa fantastic novels)
譯自 : ロード.エルメロイII世の事件簿
ISBN 978-986-524-279-4(第8冊 : 平裝).
--ISBN 978-986-524-758-4(第9冊 : 平裝).
--ISBN 978-986-524-759-1(第10冊 : 平裝)

861.57 110000940

Kadokawa
Fantastic
Novels

艾梅洛閣下II世事件簿 10（完）

（原著名：ロード・エルメロイII世の事件簿 10）

2021年9月16日 初版第1刷發行
2023年9月13日 初版第2刷發行

原　作：三田誠
插　畫：坂本みねぢ
譯　者：K.K.

發行人：岩崎剛人
總編輯：蔡佩芬
編　輯：黃怡珮
美術設計：宋芳茹
印　務：李明修（主任）、張加恩（主任）、張凱棋

發 行 所：台灣角川股份有限公司
地　址：104台北市中山區松江路223號3樓
電　話：（02）2515-3000
傳　真：（02）2515-0033
網　址：www.kadokawa.com.tw
劃撥帳戶：台灣角川股份有限公司
劃撥帳號：19487412
法律顧問：有澤法律事務所
製　版：尚騰印刷事業有限公司
ISBN：978-986-524-759-1